ROSANA RIOS

MITOS & BICHOS DE A A Z

Histórias mitológicas animais

ILUSTRAÇÕES:
Andrea Ebert

Texto © Rosana Rios
Ilustração © Andrea Ebert

Direção editorial
Marcelo Duarte
Patth Pachas
Tatiana Fulas

Gerente editorial
Vanessa Sayuri Sawada

Assistentes editoriais
Henrique Torres
Laís Cerullo
Samantha Culceag

Projeto gráfico, diagramação e capa
Estúdio Insólito

Preparação
Beatriz de Freitas Moreira

Revisão técnica
Guilherme Domenichelli

Revisão
Clarisse Lyra
Vanessa Oliveira Benassi
Lucas Giron

Impressão
Lis Gráfica

CIP-BRASIL. CATALOGAÇÃO NA PUBLICAÇÃO
SINDICATO NACIONAL DOS EDITORES DE LIVROS, RJ

R453m

Rios, Rosana
  Mitos e bichos de A a Z: histórias mitológicas animais / Rosana Rios; ilustração Andrea Ebert. – 1. ed. – São Paulo: Panda Books, 2023. 96 pp.: il.; 28 cm.

ISBN 978-65-5697-354-8

1. Ficção. 2. Literatura infantojuvenil brasileira. I. Ebert, Andrea. II. Título.

23-86599
CDD: 808.899282
CDU: 82-93(81)

Gabriela Faray Ferreira Lopes – Bibliotecária – CRB-7/6643

2023
Todos os direitos reservados à Panda Books.
Um selo da Editora Original Ltda.
Rua Henrique Schaumann, 286, cj. 41
05413-010 – São Paulo – SP
Tel./Fax: (11) 3088-8444
edoriginal@pandabooks.com.br
www.pandabooks.com.br
Visite nosso Facebook, Instagram e Twitter.

Nenhuma parte desta publicação poderá ser reproduzida por qualquer meio ou forma sem a prévia autorização da Editora Original Ltda. A violação dos direitos autorais é crime estabelecido na Lei nº 9.610/98 e punido pelo artigo 184 do Código Penal.

SUMÁRIO

Introdução 5
Mapa-múndi das histórias 6

A **de Aranha** › Anansi e "As histórias da aranha" 8
B **de Beija-Flor** › Como surgiu o beija-flor 11
C **de Cisne** › O cisne que foi morar no céu 14
D **de Dingo** › O dingo e o caçador 18
E **de Elefante** › O deus que mudou de cara 21
F **de Foca** › A pele da foca 24
G **de Ganso** › A história do ganso cinzento 28
H **de Harpia** › As três raptoras 31
I **de Íbis** › O poder da palavra 34
J **de João-de-Barro** › O primeiro joão-de-barro 37
K **de Kiwi** › A ave que perdeu as asas 40
L **de Lobo** › O mais feroz de todos os lobos 43
M **de Macaco** › O deus-macaco 46
N **de Narval** › O primeiro narval 50
O **de Onça** › A onça que não parava de crescer 54
P **de Pavão** › Os olhos de Argos 57
Q **de Quetzal** › A ave que veio do fogo 60
R **de Rã** › Tiddalik e as águas 63
S **de Surucucu** › O veneno das serpentes 66
T **de Tartaruga** › Kurma e o oceano de leite 70
U **de Urso** › A canção dos ursos 73
V **de Vaca** › A primeira vaca 76
W **de Wombat** › O wombat e o lagarto 80
X **de Xexéu** › O canto do xexéu 83
Y **de Yaci-Yaterê** › Quem quer? 86
Z **de Zebra** › O traseiro do babuíno e as listras da zebra 90

Referências 93
As autoras 95

INTRODUÇÃO

Mitos são histórias muito antigas, criadas por diferentes povos. Eles narram a vida e as crenças das pessoas. Como os seres humanos sempre foram ligados aos animais que habitam matas, montanhas, campos, desertos e até cidades, muitos de seus mitos trazem histórias curiosas sobre os bichos mais diversos. Algumas delas falam do início dos tempos. Outras contam sobre heróis, seres fantásticos e deuses. Muitas caíram na boca do povo e se transformaram em lendas — e a gente fica pensando: será que não há, pelo menos, um tiquinho de verdade nelas?

Aqui estão algumas dessas histórias mitológicas, que vão de A a Z, trazendo animais de todas as partes do planeta Terra.

Qual delas é a mais curiosa?

E de qual bicho desse abecedário você vai gostar mais?

MAPA-MÚNDI DAS HISTÓRIAS

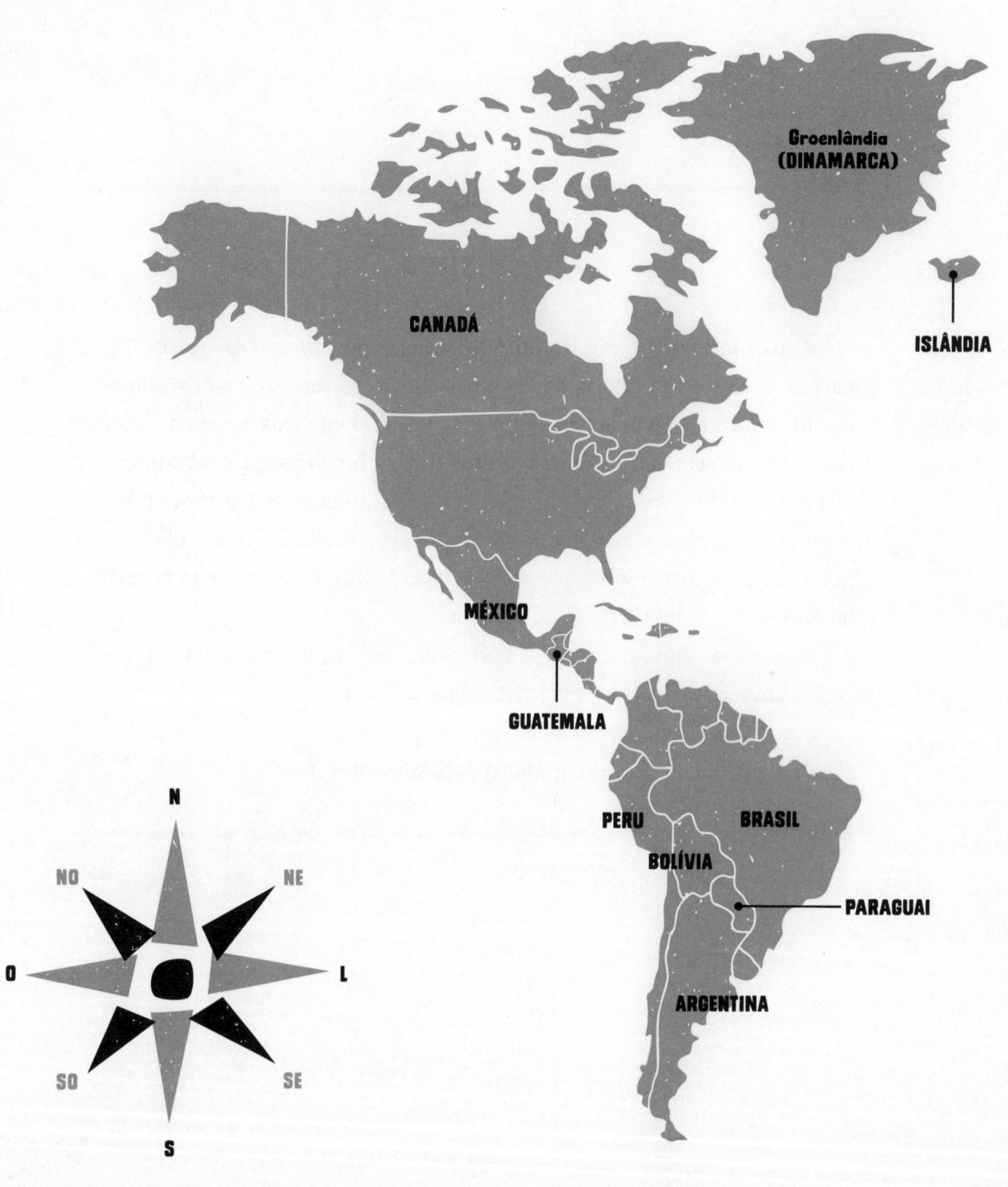

A
DE ARANHA

O mundo está cheio de aranhas. Existem mais de 40 mil espécies delas por aí, em quase todos os continentes. Algumas são grandes e ameaçadoras. Outras são pequeninas e moram nos cantos das nossas casas. Elas assustam a gente, mas, em geral, só querem ficar sossegadas em algum cantinho, tecendo suas teias... As aranhas não são insetos, são aracnídeos, e possuem oito patas. A maioria delas é venenosa para suas presas, apesar de serem bem poucas as que conseguem envenenar os seres humanos.

Você sabia que a personagem de um mito muito conhecido no continente africano é uma aranha? Seu nome é Anansi, uma aranha macho, um grande aventureiro e trapaceiro que é apaixonado por histórias. Suas aventuras fazem parte da mitologia do povo ashanti, originário de Gana, uma nação da África Ocidental.

Eis aqui uma curiosa história dessa aranha macho encrenqueira.

No reino Animal chamamos de filo a unidade de classificação utilizada na taxonomia, área da biologia que identifica e nomeia os seres vivos. As aranhas pertencem ao filo Arthropoda (Artrópodes) e fazem parte da classe dos Quelicerados, da ordem Araneae. São conhecidas hoje bem mais de cem famílias de aranhas.

ANANSI E "AS HISTÓRIAS DA ARANHA"

📍 Gana (África)

Dizem que o deus do céu, Nyame, sabia todas as histórias do mundo. E a esperta aranha Anansi, que vivia aprontando e pregando peças nos outros, queria porque queria para si tudo o que Nyame sabia. Um dia, foi procurar esse deus e pediu para comprar as histórias que ele possuía, mas Nyame não estava com vontade de vender seus contos.

— Só se você pagar o preço, que é muito alto — respondeu o deus do céu. — Para começar, teria de trazer para mim a perigosa jiboia Onini.

— Eu trago! — afirmou Anansi, e foi falar com sua esposa Aso, que também era bem esperta.

Anansi e Aso pegaram uma grande folha de palmeira e um galho parecido com um cipó. Foram para a beira do rio e começaram a discutir se aquela folha era ou não maior que uma jiboia.

— É maior!
— Não é!
— É sim!
— Não é, não!

Onini, a jiboia, ouviu aquilo e quis resolver a disputa. Deitou-se sobre a folha da palmeira para que pudessem medir seu tamanho... E se deu mal! Na mesma hora, Anansi e Aso a amarraram inteirinha com o cipó. Ela não conseguia se mexer, e desse jeito foi levada para Nyame.

O deus do céu gostou do presente, mas ainda não ficou satisfeito: pediu que a aranha apanhasse para ele outras criaturas perigosas. Passou a inventar uma tarefa atrás da outra. Com a ajuda de Aso, Anansi ia conseguindo cumprir todos os desafios. Um dia...

— Quero que traga para mim o espírito Moatia — disse Nyame.

Anansi pensou que isso seria difícil, quase impossível. Como capturar um poderoso espírito?

Juntos, Anansi e Aso tiveram uma ideia: fizeram uma boneca de madeira e a besuntaram com a seiva de uma planta. Ficou grudenta, uma verdadeira meleca! Deixaram a boneca na mata ao lado de uma vasilha contendo um mingau bem gostoso e foram se esconder.

Moatia, o espírito, passou por ali e teve vontade de comer aquele mingau.

Perguntou para a boneca se podia provar um pouco. Como ela não respondeu, o espírito ficou irritado... Pediu de novo e, vendo que ela não falava nada, zangou-se e deu-lhe um tapa.

Ah! Sua mão grudou na seiva. Furioso, Moatia bateu na boneca com a outra mão, que também ficou grudada. Mais zangado ainda, atacou-a com os pés. Ele acabou todinho grudado na seiva!

Anansi o capturou e o levou, ainda grudado na boneca, para Nyame. O deus do céu ficou tão satisfeito que lhe deu de presente as suas preciosas histórias. Foi assim que Anansi ficou famoso em toda parte como Senhor de Todos os Contos, que até hoje são chamados de "As histórias da aranha".

B de BEIJA-FLOR

O beija-flor também é chamado de colibri, cuitelo ou cuitelinho. Beija-flores são pássaros pequenos e coloridos, como pequenas joias. Com bico longo e fino, gostam de comer insetos e néctar que capturam das flores. Seu voo é muito veloz. Ágeis, eles conseguem até ficar parados no ar, batendo as asinhas rapidamente. Existem muitas espécies de beija-flores pelo mundo, e na América do Sul eles são bastante comuns.

Há vários mitos sobre beija-flores entre os povos do planeta. A curiosa história que trazemos aqui vem do Peru e faz parte da cultura inca.

Os incas desenvolveram um verdadeiro império na América pré-colombiana (antes da chegada de Colombo), onde hoje localizamos territórios do Equador, Peru, Argentina, Bolívia, Chile e Colômbia. Havia ali muitas nações, e seus povos falavam várias línguas, dentre as quais a mais difundida era o quéchua. Vamos conhecer esse estranho conto, cheio de transformações!

> Os beija-flores são parte do filo Chordata (Cordados), que inclui os animais vertebrados. Eles pertencem à classe das Aves e à família Trochilidae (Troquilídeos).

COMO SURGIU O BEIJA-FLOR

📍 Peru (América do Sul)

Contam os antigos que, há muito tempo, moravam numa casa na selva dois homens, Acangau e Quindi. Acangau era forte e falador; levantava-se antes do sol e ia trabalhar em sua plantação de mandioca. Quindi era um rapaz magrinho, que dormia até o sol estar alto e só então ia trabalhar.

Por ali viviam também três mulheres: Pucsiri, Oncolo e Jubim. Elas possuíam varas mágicas para semear os campos, com o poder de fazer crescer as plantas. Gostavam muito de Acangau: preparavam para ele as comidas mais gostosas e a melhor chicha, uma bebida fermentada de mandioca. Como achavam Quindi preguiçoso, davam-lhe apenas pouco alimento e só água para beber.

Um dia, Acangau e Quindi fizeram uma aposta: qual dos dois seria capaz de plantar uma roça de mandioca mais depressa e melhor? O primeiro começou a passar quase todo o tempo fora de casa, trabalhando; o segundo continuou a trabalhar do seu jeito, só saía depois do meio-dia.

As mulheres ficaram curiosas e resolveram ver como estava a roça de Acangau. Quando chegaram à plantação, viram que não havia nada. Só encontraram mato — nem sinal de mandioca. Acangau estava num morro ali perto, brincando! Carregava uma pedra redonda até o alto, deixava-a rolar para baixo, aí descia e a levava de volta para o alto.

— Mas que patife é Acangau! — gritou uma delas, irritada.

— Não trabalha, só brinca — disse outra.

— E nós que lhe dávamos a melhor comida! — lamentou a terceira.

De volta para casa, prepararam uma refeição farta, chicha forte, e foram oferecer a Quindi.

— Tudo isto é para você — disseram, sorrindo, para o rapaz.

Ele não aceitou nada daquilo e respondeu, zangado:

— Irmãs, prefiro comer como sempre, tudo bem fraco e aguado, porque estou acostumado com pouco. Sou assim, sou o colibri, e assim se lembrarão de mim as gerações futuras!

Na mesma hora, ele se transformou em um pássaro pequenino, colorido e de asas rápidas: foi o primeiro colibri, o beija-flor. Voou de lá e nunca mais voltou, para tristeza das mulheres.

Quando Acangau chegou, porém, elas misturaram à comida umas ervas que conheciam... Ele comeu tudo depressa e começou a passar mal. Tão mal que sua pele rasgou e seu pescoço ficou vermelho de sangue. Transformou-se num pássaro que gritava alto:

— Atatau, tatau tau tau!

Ele também voou para longe da casa, e somente aí as mulheres foram olhar a roça de Quindi. Era uma beleza! Tristes por terem desprezado o rapaz, elas começaram a trabalhar na roça do beija-flor. Mas o lugar era tão grande que não terminava nunca... e elas também acabaram se transformando.

A mais velha se tornou a ave chamada Pucsiri. Oncolo e Jubim passaram a ser vistas como sapos verdes, que estão até hoje na roça, sempre dizendo:

— Hu! Hu! Hu! Assim nos lembrarão as gerações futuras!

DE CISNE

Os cisnes são aves aquáticas de pescoço longo e patas curtinhas. São muito admirados e é comum vê-los em parques e lagoas nadando aos pares, pois dizem que formam casais fiéis que ficam juntos até a morte de um deles.

Essas aves aparecem em muitos contos do folclore, dentre os quais um dos mais famosos é "Os seis cisnes", recolhido pelos Irmãos Grimm, além de ser famosa também a história que deu origem ao balé *O lago dos cisnes*, com música do compositor russo Tchaikovsky.

O cisne está presente em várias narrativas de mitologia, como a grega. Os mitos gregos são bem conhecidos por serem contados em versões variadas. Isso acontece com a história de Cicno, o cisne. Aqui seguem duas versões bem diferentes sobre esse mesmo personagem: escolha a história que achar mais curiosa!

Os cisnes, como fazem parte da classe das Aves, pertencem ao filo Chordata (Cordados). Sua família é a Anatidae (Anatídeos), que inclui também os patos e os gansos, mas pertencem ao gênero *Cygnus*.

O CISNE QUE FOI MORAR NO CÉU

📍 Grécia (Europa)

A primeira história diz que Cicno era filho de Poseidon, o deus dos mares. Sua mãe era uma nereida, uma deusa do mar. Sendo filho de seres tão poderosos, o menino cresceu forte, habilidoso e tornou-se um guerreiro invulnerável. Nada nem ninguém podia feri-lo.

Diz uma tradição que ele se casou com uma princesa troiana. Assim, quando os gregos sitiaram a cidade e teve início a Guerra de Troia, ele foi um dos defensores daquela terra. A guerra durou quase dez anos e foi vencida pelos gregos, que contavam com soldados corajosos. Um deles era o famoso Aquiles, e foi justamente em uma luta com esse guerreiro que Cicno se deu mal.

Apesar de ser invulnerável e não poder ser ferido pelas espadas gregas, ele podia ser asfixiado... E quase morreu sufocado nas mãos de Aquiles! Quando Poseidon soube que seu filho corria o risco de morrer, transformou-o num cisne. E a bela ave voou para longe de Aquiles.

Cicno, entretanto, não continuou vivendo na Terra. Depois de escapar de Troia, ele foi para o céu, onde brilha para sempre na constelação do Cisne.

• • •

Uma história diferente nos conta que Cicno reinava na Ligúria e que tinha como melhor amigo um rapaz de nome Faetonte. Ora, acontece que Faetonte era filho do deus do Sol, Hélio — mas ninguém acreditava nisso.

Um dia, para provar a todo mundo que Hélio era mesmo seu pai, Faetonte foi procurá-lo.

— Você é mesmo meu filho — o deus confirmou. — Peça o que quiser, que eu lhe darei!

E Faetonte, sem pensar no perigo, pediu ao pai para conduzir o carro do Sol!

Todos os dias Hélio dirigia aquele carro pelos céus, levando o Sol para iluminar a Terra. Ele sabia como isso era difícil, mas não adiantou dizer ao filho que seria perigoso para um novato dirigir aquele carro... Faetonte teimou e teimou. O deus teve de cumprir a promessa e concordar.

Ah, o desastre foi total. O rapaz não conseguia dominar os cavalos, ora subia demais e tudo ficava escuro, ora baixava demais e o calor do Sol queimava tudo. Zeus, o rei dos deuses gregos, viu que o Sol ia despencar e não teve dúvida: lançou um raio que derrubou Faetonte do carro.

Hélio assumiu as rédeas e manteve o Sol a salvo, enquanto o corpo de Faetonte caía no rio Erídano. Cicno foi para lá em busca do corpo, junto com as irmãs do rapaz, as Helíades. Ficou tão abalado com a morte do amigo que não parava de se lamentar... As Helíades choravam lágrimas de âmbar. Hélio então transformou as tristes moças em árvores (choupos) e seu amigo Cicno em um cisne.

Algumas pessoas dizem que, como cisne, Cicno passou muito tempo nadando no rio Erídano, à procura do corpo de Faetonte. Outros juram que ele foi levado para o céu e transformado na constelação do Cisne.

D
DE DINGO

O dingo é uma espécie de cachorro selvagem que vive apenas na Austrália. Predador, é um caçador muito ágil. Os mitos dos antigos povos australianos, que às vezes são chamados de aborígenes, contam que ele foi um dos primeiros animais que existiu e que veio do Tempo do Sonho. Para eles, esse tempo foi o início do mundo. Alguns até dizem que, naquela época, havia seres que eram metade humanos, metade dingos.

Segundo essas histórias sobre o Tempo do Sonho, o dingo tem a capacidade de enxergar o mundo sobrenatural e sempre ajuda os seres humanos como cão de guarda, avisando sobre a aproximação de espíritos malignos.

O conto mitológico que escolhemos mostra como os dingos e os humanos se tornaram amigos, há muitas e muitas eras...

O dingo é um animal pertencente ao filo Chordata (Cordados) e à classe dos Mamíferos. Como come carne, faz parte da ordem dos Carnívoros. Junto a seus primos, os cachorros, é membro da família Canidae (Canídeos). Pertence ainda ao gênero *Canis* e o nome científico de sua espécie é *Canis lupus dingo*.

O DINGO E O CAÇADOR

Austrália (Oceania)

Havia um dingo muito, muito velho. Já não conseguia correr direito e a cada dia tinha de ser mais cuidadoso na caça, pois estava ficando fraco.

Em certa ocasião, ele perseguia um canguru, andando bem devagar entre os arbustos para não ser visto pela presa. De repente, um ruído do lado oposto da mata fez o canguru erguer os olhos, assustado, e saltar rapidamente para longe. Sumiu bem depressa.

O dingo desanimou. Ficaria sem almoço naquele dia...

Então viu aparecer um humano também velho. Era um caçador que estivera perseguindo aquele mesmo canguru. O homem parecia tão desanimado quanto o dingo por perder seu almoço.

Ficou bem zangado quando viu o cão selvagem escondido na mata. — Você será minha caça hoje — disse ele, erguendo sua lança.

Ah, não! O dingo não estava disposto a ser almoço de um humano!

Saiu correndo na mesma hora, e o homem foi atrás dele. Por causa do cansaço e da idade, nenhum dos dois corria muito depressa.

Afinal, o dingo não aguentou mais correr. Parou e encarou o caçador. Disse-lhe:

— Por que me persegue, irmão?

— Não sou seu irmão — respondeu o humano. — Preciso de alimento, por isso vou matar você.

O dingo olhou bem nos olhos do outro e respondeu:

— Somos irmãos, sim. Nós dois somos velhos, fracos e solitários.

Cansado de correr, o caçador pôs a lança no chão e se sentou para recuperar o fôlego.

— Você tem razão. Somos irmãos em espírito. Mal conseguimos sobreviver.

O dingo, então, teve uma ideia.

— Tem uma coisa que podemos fazer. Irmãos não matam um ao outro. Se nos unirmos e caçarmos juntos, poderemos dividir as presas e teremos mais alimento do que agora, separados. Juntos, nós sobreviveremos!

O velho caçador gostou da ideia. Com o faro do dingo e a lança do humano, logo os dois conseguiram sua caça.

A partir daquele dia, ambos partilharam viagens, acampamentos, fogueiras e comida. Contaram histórias um ao outro e tornaram-se grandes amigos.

Seus descendentes, tanto de dingos quanto de humanos, passaram a fazer o mesmo que eles. E desde aquele tempo podemos ver muitos homens e cães selvagens caçando juntos nos imensos campos da Austrália.

E DE ELEFANTE

Os elefantes são os maiores animais terrestres que circulam pelo planeta. Podem pesar até seis toneladas (uma tonelada é o mesmo que mil quilos, imagine!). Existem duas espécies de elefantes na África e uma na Ásia, mas houve também outras espécies que foram extintas, como os mamutes e os mastodontes.

Como ele é um animal muito especial, há vários mitos que têm elefantes como protagonistas. Na mitologia, as narrativas estão cheias de transformações e de deuses com corpo de animais. A que vamos contar agora mostra justamente a transformação de um deus bem curioso.

Sua história é parte de um mito da Índia, país da Ásia que apresenta um grande número de deuses em suas narrativas. Os mais conhecidos são Brahma, Vishnu e Shiva. E justamente um deles, Shiva, foi o pai do nosso personagem: Ganesha.

Os elefantes são animais do filo Chordata (Cordados) e da classe dos Mamíferos. Sua ordem é a dos Proboscídeos. Faziam parte dessa ordem certos animais já extintos, como os mamutes e os mastodontes. Hoje, existem três espécies de elefantes na família Elephantidae (Elefantídeos).

O DEUS QUE MUDOU DE CARA

📍 Índia (Ásia)

Parvati era a esposa de Shiva.

Naquele dia, ela estava feliz, pois ia apresentar a todos os deuses seu novo filho: o bebê que recebera o nome de Ganesha. Seria uma linda festa, e cada um dos deuses daria um presente importante à criança. Presentes divinos!

Muitas vezes, acontece algo errado em festas, não é? Pois na festa das divindades indianas houve uma grande encrenca porque uma delas não apareceu: o deus do sábado, Shani.

Sim, na Índia há um deus para cada dia da semana. Domingo é o dia de Surya, o deus do Sol; segunda-feira é dia de Shiva; terça-feira, de Hanuman; quarta-feira, de Krishna; quinta-feira, de Vishnu; e a sexta-feira, dia das deusas Durga, Kali e Lakshimi.

Quando o deus do sábado não apareceu, Parvati ficou muito zangada. Zangadíssima! Exigiu de todos os deuses que fizessem Shani comparecer, não importava de que jeito.

Ao saber da zanga de Parvati, Shani resolveu afinal ir à festa, mas estava furioso. Tão bravo que, quando chegou, em vez de dar um presente ao bebê, olhou para ele com os olhos incendiados, e na mesma hora a cabeça da criança começou a pegar fogo!

Foi um escândalo. Enquanto a cabeça de Ganesha se transformava em cinzas, o deus Vishnu saiu em busca de uma cabeça para colocar no lugar daquela que se queimava... No caminho, encontrou Airávata, o elefante que era a montaria do deus Indra e que não viu problema nenhum em dar de presente ao bebê sua própria cabeça.

Foi assim que Vishnu colocou sobre o pescoço do filho de Parvati e Shiva a cabeça de um elefante. Parece que ninguém se importou com isso, pois o deus cresceu saudável com aquela cabeça e até hoje é uma das divindades mais queridas da Índia.

Ganesha é considerado o deus vencedor dos obstáculos: todos os que recorrem a ele recebem ajuda para resolver seus problemas e dificuldades. Ele adora comer doces e é bem gordinho.

Além de ter cabeça de elefante, o deus tem quatro braços: em ilustrações e esculturas, vemos que em uma das mãos ele carrega um machado, para remover os obstáculos, e na outra mão uma flor de lótus. Como tem mais duas mãos, em uma delas leva um prato de seu doce favorito, o *modak*, feito com farinha de arroz e coco ralado, e com a última faz um gesto de bênção a todos que se voltam a ele.

Anda pelo mundo montado em um rato. Dizem que, como Ganesha representa a consciência e o rato simboliza a mente, essa imagem quer dizer que a consciência é grande como um elefante e a mente é pequena como um ratinho...

F de FOCA

As focas são mamíferos que habitam regiões frias e próximas ao mar.

São vários os contos da mitologia e do folclore que nos falam sobre focas que se transformavam em mulheres. Muita gente até acredita que as histórias sobre as famosas sereias começaram a surgir porque os marinheiros viam focas sobre as rochas perto das praias e acreditavam que elas eram seres mágicos que tomavam a forma feminina.

O mito que vamos ler foi registrado na Irlanda e é um dos muitos que correm o mundo falando sobre um homem que se apaixonou por uma donzela do mar. O curioso é que, em todas essas narrativas, o humano leva a moça para viver com ele sem o menor respeito pela liberdade de escolha dela. Isso nos faz pensar: será que esses contos milenares foram criados e contados por mulheres num protesto contra o machismo?

Animais do filo Chordata (Cordados) e da classe dos Mamíferos, as focas fazem parte da ordem dos Carnívoros e da superfamília dos Pinípedes, a mesma dos leões-marinhos e das morsas. Sua família é a Phocidae (Focídeos).

A PELE DA FOCA

📍 Irlanda (Europa)

Havia chovido muito no dia anterior.

Um rapaz andava pelos rochedos junto à praia, em busca de pedaços de madeira arrancados das árvores pela tempestade ou trazidos pelo mar. Então viu um pelo brilhante entre as ondas, lá adiante. Devia ser uma foca...

Já preparando sua faca para caçá-la, ele desceu até a praia e viu que a foca deixava as águas, com seu pelo brilhando na cor cinza-esverdeada, e andava em terra firme — mas com dois pés! A foca, na verdade, era uma moça; vestia um manto que reluzia com as gotas d'água.

A criatura saiu do meio das ondas, tirou o manto e deitou-se na areia para tomar sol. O rapaz foi chegando perto dela. Era belíssima! Ele se sentiu apaixonado. Ouvira contos sobre donzelas do mar, súditas do rei Lir, Senhor do Oceano. Jamais pensara que veria uma de verdade, bem diante de si.

Adormecida, a moça-foca só despertou quando sentiu que alguém lhe tomava o manto. Levantou-se e viu um homem que fugia, levando-o! Desesperada, correu atrás dele. O rapaz já chegava em sua casa quando ela o alcançou.

Ela estendeu as mãos, num pedido mudo. Ele a olhou, cada vez mais encantado com a beleza da donzela do mar, e não quis devolver o manto, que lhe dava poder sobre ela. Sabia que assim a moça-foca estaria presa a ele e teria de ficar morando naquela casa, como sua esposa.

Dizem que eles foram felizes juntos e que tiveram filhas muito parecidas com a mãe.

Mesmo assim, ela passou anos procurando seu manto, que lhe traria a liberdade. Sabendo disso, o marido o escondia muito bem, sempre mudando o esconderijo.

Certo ano em que um inverno rigoroso se aproximava, ele resolveu trocar o revestimento do telhado. Uma manhã, deixou o trabalho na casa e saiu em busca de mais pedaços de madeira trazidos pelo mar. Sozinha com as filhas, a moça-foca examinou a obra e viu o brilho cinza-esverdeado entre os pedaços de madeira entrelaçados no telhado...

Naquela noite, a esposa serviu o jantar ao marido e depois saiu para buscar água na nascente, como sempre fazia. Pouco depois, ele estranhou o silêncio. Por que as filhas não estavam brincando pela casa, como de costume? E por que a mulher tanto demorava a voltar?

Com uma sensação que o deixou gelado, ele correu para a beira do mar. Então a viu. Em suas costas, o manto. Acompanhando-a, as duas meninas.

Tentou alcançá-la, mas não houve tempo suficiente para desfazer o que estava para acontecer. O manto se transformou em sua pele de foca, e ela entrou pelas ondas adentro, com um último olhar para ele.

Talvez fosse de raiva. Talvez fosse de saudade.

E desapareceu na arrebentação, junto com as duas filhas.

G
DE GANSO

Gansos são parentes dos cisnes e dos patos, mas são mais bravos: dizem que um ganso é melhor cão de guarda que qualquer cachorro! Existem muitas espécies de gansos, domesticados ou selvagens, espalhados pelas várias regiões do mundo que têm clima mais ou menos temperado — nem muito frio, nem muito quente.

Há histórias sobre gansos em várias mitologias, já que é um animal que convive com os seres humanos desde a Idade da Pedra. Embora não sejam tão "bonitinhos" como seus primos, os cisnes, encontramos variadas histórias sobre eles.

O mito que escolhemos contar vem das narrativas lendárias da Escócia — é bem triste, mas muito curioso. Como muitos contos dessa região, terra onde nasceram as primeiras histórias sobre fadas, ele está cheio de magia.

Pertencente ao filo Chordata (Cordados) e à classe das Aves, o ganso faz parte de uma ordem chamada Anseriformes e sua família é a Anatidae (Anatídeos).

A HISTÓRIA DO GANSO CINZENTO

📍 Escócia (Europa)

Há muito tempo que as anciãs, herdeiras da deusa Cailleach, a Senhora do Inverno, contam a história de certo rei. Esse rei, por infelicidade, foi amaldiçoado por uma terrível feiticeira.

A megera tinha tanta raiva do rei que decidiu acabar com a única filha dele. Para isso, foi às margens do lago Sunart, onde a donzela costumava passear, e ali conjurou um círculo mágico. Não demorou muito e a jovem, ao caminhar junto ao lago, penetrou naquele círculo sem perceber.

No mesmo instante, o encantamento entrou em ação: seu rosto ganhou um bico e sua pele se transformou num manto de penas, da cor das nuvens que cobriam o céu. Quando o círculo mágico se desfez, a princesa havia se tornado um ganso cinzento, que, nada podendo fazer para combater o feitiço, simplesmente bateu as asas e levantou voo, rumo às montanhas geladas do norte.

Somente a feiticeira sabia o que havia acontecido à donzela e, claro, não contou a ninguém.

O rei ordenou que buscassem sua filha por toda parte. Quem liderou as buscas foi o noivo da jovem, um príncipe que não se conformava com o sumiço da amada. Por meses eles a procuraram nos lagos, nas matas e colinas, sem encontrar a menor pista do que acontecera.

Por fim, o rei teve de abandonar as buscas, acreditando que a filha fora morta por lobos ou raptada pelo povo das fadas. O príncipe, contudo, não desistiu. Continuou a percorrer as terras à procura da moça, entrando em florestas densas e escalando altas montanhas. Para sobreviver usava sua habilidade de caçador. Foi assim que, certo dia, levado pela fome, mirou com seu arco uma revoada de gansos selvagens. Talvez por acaso (ou seria ainda por conta da magia?), a flecha disparada feriu de morte justamente o ganso que liderava o bando em voo.

Ele correu para recolher a caça e, no momento em que viu o ganso cinzento soltar a última respiração, ficou horrorizado. O feitiço havia sido quebrado, e o príncipe percebeu que a ave que alvejara era sua amada. Desesperado, ele arrancou a flecha que a ferira e a quebrou em três pedaços. Cobriu o corpo da donzela com o manto xadrez de seu clã que o agasalhava e ajoelhou-se para chorar por ela.

No alto, a revoada de gansos fazia círculos e chamava a companheira para retornar aos céus.

O príncipe não ouvia suas vozes: o coração dele parou de bater, tanta era a tristeza que sentia. No entanto, a vida que deixou seu corpo reanimou o corpo da donzela!

Ela voltou à vida como se despertasse de um longo sono e, no mesmo instante, retomou seu corpo de ave. Abriu as asas e voou para longe, para junto dos companheiros alados...

Dos três pedaços da flecha que foi partida, nasceram e cresceram as primeiras árvores que formaram a imensa floresta de Caledon. E ali, no meio da mata, o manto xadrez se transformou num grande relvado que mesmo hoje pode ser visto de longe. Dizem até que, em dias mais frios, se alguém percorrer aquele local, poderá ouvir o triste chamado de um ganso selvagem.

DE HARPIA

A harpia é uma ave bem assustadora que vive nas Américas do Sul e Central. Dizem que recebeu esse nome porque era tão grande e feroz que os primeiros exploradores europeus que a viram lembraram das mulheres apavorantes da mitologia grega!

Os povos indígenas tupi chamavam a harpia de uiraçu, que quer dizer "grande ave". Também é conhecida como gavião-de-penacho ou gavião-real, porque ela tem um penacho na cabeça parecido com uma coroa, que só se mostra quando a ave aguça a escuta para algum ruído.

Contamos aqui uma das passagens mais famosas sobre as harpias gregas, mulheres terríveis — e bem mais assustadoras que um gavião! Há várias histórias míticas em que elas aparecem, sempre como emissárias do mais poderoso de todos os deuses do Olimpo: Zeus.

A harpia pertence à ordem dos Accipitriformes. Sua espécie recebeu o nome científico de *Harpia harpyja*.

AS TRÊS RAPTORAS

📍 Grécia (Europa)

Taumas era um deus do mar, filho de Ponto, o Mar, e de Gaia, a Mãe-Terra. Ele se casou com uma ninfa do mar chamada Electra, e ambos tiveram três filhas, que não eram exatamente "belas meninas". Foram chamadas harpias: Aelo, a Borrasca; Ocípite, o Rápido Voo; e Celeno, a Obscuridade.

As três irmãs eram criaturas horrorosas: tinham cabeça e tronco de mulher, enormes asas de águias e pés de ave com garras compridas e afiadas. Segundo as descrições, seu olhar era faminto, seus cabelos, sebosos, e possuíam o bafo mais fedorento da Hélade, o antigo nome da Grécia.

Também eram chamadas de Raptoras; acreditava-se que seu passatempo favorito era raptar crianças pequenas. Na verdade, estavam a serviço de Zeus, o Senhor do Olimpo, que as encarregava de castigar seus inimigos. Pois um de seus castigos atingiu o rei da Trácia, Fineu.

Esse Fineu havia nascido com o poder da adivinhação. Tudo ia bem até que começou a usar seus poderes para descobrir segredos dos deuses e revelá-los aos humanos. Apolo, o deus da Profecia, não gostou nem um pouco da história e enviou uma doença a Fineu, que ficou cego. Mas Zeus também quis castigar o infeliz: mandou as três harpias para atormentá-lo.

Quando as "bonitinhas" chegaram ao palácio do rei, começaram a impedir o pobre de se alimentar. Cada vez que Fineu tentava comer qualquer coisa, uma harpia voava sobre ele, agarrava o alimento e levava embora; se ele se virava para o lado e tentava beber algo, outra harpia sujava a bebida com seus excrementos! O rei estava magro e faminto, quase morrendo, quando foi procurado pelos argonautas, um grupo de heróis que fazia uma grande viagem. Eles queriam informações sobre o caminho para uma terra misteriosa. Fineu era o único que conhecia esse segredo, e disse:

— Eu conto tudo para vocês se me livrarem das harpias!

Os heróis do grupo dos argonautas pesquisaram quem teria o poder para derrotar as Raptoras e descobriram que somente os filhos de Bóreas, um deus do Vento, conseguiriam matá-las. Eram dois rapazes chamados

Zetes e Calas; ambos foram convocados e se apresentaram, prontos para acabar com as três. Conseguiram espantá-las, mas aí houve um impasse. Afinal, elas eram servas do Olimpo e tinham ordens de ficar ali; se fossem mortas, a encrenca com Zeus e Apolo aumentaria!

Os argonautas, então, negociaram com os deuses: os filhos de Bóreas não fariam nada contra as harpias, mas elas partiriam e Fineu poderia voltar a se alimentar. Aelo, Ocípite e Celeno não gostaram nadinha daquilo, mas tiveram de ir embora por ordem de Zeus. Livre, o rei da Trácia revelou aos argonautas a localização do lugar misterioso.

Elas voaram para longe. Uma versão do mito diz que foram para a ilha de Creta; outra, que fugiram para o fim do mundo, seja lá onde isso for. O fato é que as três harpias podem estar nos confins da Terra até hoje. Pode até ser que seja por esse motivo que quem vai para o fim do mundo jamais volta...

DE ÍBIS

A íbis é uma grande ave de pernas compridas, de bico longo, curvado para baixo, e que gosta de morar perto da água. Existem vários tipos de íbis espalhados por quase todos os continentes do planeta, sempre em regiões quentes. O folclore diz que essa ave é tão corajosa que é o último animal que foge quando um furacão se aproxima.

No Antigo Egito, especialmente na cidade de Hermópolis, era considerada um dos animais sagrados, pois estava ligada ao deus Toth, que se transformava em íbis de vez em quando. Na mitologia egípcia, vários deuses podiam tomar a forma de animais; alguns ficavam assim todo o tempo, como a deusa-gata Bastet e o deus-crocodilo Sobek. Os arqueólogos até encontraram, em um dos locais escavados no Egito, milhares de múmias... de íbis!

A íbis, como todas as aves, pertence ao filo Chordata (Cordados). É classificada na ordem dos Pelecaniformes, sendo parente distante dos pelicanos, mas sua família é bem outra: Threskiornithidae (Tresquiornitídeos).

O PODER DA PALAVRA

📍 Egito (África)

Um lamento ecoou pelos ares nas terras do Egito. Uma mãe chorava, pois seu filho estava doente e poderia morrer. Mas aquela não era uma mulher comum...

— É a voz de Ísis! — disse Toth, o deus sábio.

Ele era um dos maiores aliados dessa grande deusa. Sabia que, desde a morte de seu marido, Osíris, Ísis teve de fugir e esconder-se com Hórus, seu filho pequeno. Ela era perseguida pelo malvado Seth, que havia usurpado o trono de Osíris, o Senhor do Egito.

Quem olhasse para os céus em certa região próxima ao rio Nilo, naquele dia, veria uma íbis em voo. E, se prestasse atenção, talvez percebesse que não era uma das centenas de aves que viviam pelas áreas alagadas durante as cheias do rio — aquela íbis era Thot em sua forma animal.

O deus chegou à casa modesta em que Ísis se escondia do perseguidor. Voltou à forma humana e viu o filho e herdeiro de Osíris, um menino bem pequeno, nos braços da mãe. Parecia muito mal; tinha febre e seu coração quase não batia. Perguntou:

— O que aconteceu a Hórus?

Uma curandeira, que usava num colar o Ankh, símbolo da vida, contou que ela e outras mulheres da aldeia ficavam tomando conta do menino quando a mãe saía, disfarçada, para buscar alimentos. Naquele dia, o pequeno simplesmente perdera os sentidos. Quando a mãe chegou, viu que ele parecia ter sido envenenado. Nem a curandeira nem as outras puderam ajudar.

Ísis era a deusa da magia e tentou usar seus poderes para curar o filho. Nada, porém, funcionou. Hórus continuava muito mal. Mas Toth era um deus poderoso: seu dom era a palavra, a origem de toda magia. Percebeu que o menino devia ter sido mordido por um escorpião, enviado por Seth. Começou a criar um encantamento. E era preciso que o tempo parasse, ou Hórus morreria!

Com a ajuda de Toth e de outros deuses, a barca de Rá — que carregava o Sol — parou no meio do céu. E o tempo não passou, enquanto o deus-íbis, com sua magia, dizia um encantamento poderoso em voz alta e curava o filho de Ísis. Demorou, mas as palavras de Toth deram resultado: Hórus abriu os olhos. A mãe o abraçou. A barca de Rá voltou a percorrer o céu, e o tempo voltou a passar. Toth ensinou alguns de seus encantamentos às mulheres da aldeia, para cuidarem bem de Hórus quando Ísis precisasse sair, e, retomando sua forma de íbis, voou para longe.

Dizem que ele foi um dos mais importantes deuses do Antigo Egito justamente por ser o Senhor da Palavra, a maior força criadora que existe. Era o deus dos escribas e da matemática, criador dos hieróglifos. Também ajudava Osíris como juiz na Terra dos Mortos, e sua magia estava ligada à Lua. O bico da íbis, curvado para baixo como uma lua crescente, é um símbolo de Toth. Por isso, sempre que vemos imagens desse deus escrevendo, ele está usando uma cabeça de íbis.

J de JOÃO-DE-BARRO

O joão-de-barro é um pássaro marrom, com o pescoço branco e a cauda avermelhada. Também conhecido como forneiro ou oleiro, é menor que um sabiá. Ele não constrói ninhos: em vez disso, quando se forma um casal dessas aves, os dois juntos constroem uma casinha de barro no alto de algum galho de árvore. Para ajudar na construção, usam ramos e palha, que amassam com os bicos e os pés.

Sua casinha de barro parece um pequeno forno e tem sala e quarto separados; é no quarto, sobre uma cama feita de ervas e penas, que a fêmea põe seus ovinhos. Dizem que um casal de joões-de-barro fica unido por toda a vida.

É um pássaro comum na América Latina, sendo considerada a ave símbolo da Argentina, onde recebe o nome de *hornero*. Essa ave aparece em vários mitos indígenas; a história que contamos aqui é um mito dos guarani, que explica como esse pássaro tão curioso surgiu. Os povos guarani são, na verdade, vários grupos indígenas que habitam há séculos as regiões de fronteira entre o Brasil, a Argentina e o Paraguai, além de Bolívia e Uruguai.

Esta ave curiosa, o joão-de-barro, pertence à ordem dos Passeriformes e à família Furnariidae (Furnarídeos). O nome científico de sua espécie parece até nome de gente: *Furnarius rufus*.

O PRIMEIRO JOÃO-DE-BARRO

Brasil, Paraguai e Argentina (América do Sul)

Nas terras do alto rio Paraná vivia um jovem guerreiro que se chamava Ogaraití. Era forte e bonito, mas não tinha interesse em nenhuma das moças de sua aldeia, pois já estava apaixonado.

Aquela de quem ele gostava desde pequeno era filha de um chefe. Não se sabe seu nome, só que ela tinha uma bela voz. Sempre passeava junto ao rio cantando e encantando quem a ouvia.

O pai da moça sabia que sua filha estava em idade de se casar e decidiu que consentiria a união dela com um rapaz que passasse por uma série de desafios, provando ter força e coragem. Ela correspondia ao amor de Ogaraití, mas só poderia ficar com ele se o guerreiro vencesse os desafios do pai. O rapaz, então, se dispôs a participar da competição, junto a muitos outros.

O primeiro teste foi uma corrida a pé. Ágil e forte, ele venceu sem nenhum problema. O segundo desafio também foi uma corrida, mas a nado: os competidores entraram pelo rio Paraná e nadaram com rapidez até o ponto de chegada. Também esse desafio foi vencido por Ogaraití.

Mas a terceira prova seria a pior. Os pretendentes deviam ficar presos em um grande saco de couro de vaca, sem poder sair e sem receber comida — só podiam tomar água — durante nove dias.

Os dias foram se passando e, um a um, os rapazes desistiam e saíam de dentro do grande saco de couro. Por fim, somente Ogaraití continuava preso ali... No entanto, alguma coisa estranha começou a acontecer. Quando os juízes da competição iam levar água para ele, percebiam que o couro começava a encolher, como se o corpo do guerreiro estivesse diminuindo.

No final do nono dia, todos se aproximaram para ver Ogaraití sair dali de dentro. Quando abriram o couro, tiveram uma enorme surpresa! De lá saiu um pequeno pássaro de corpo marrom e com manchas avermelhadas.

A avezinha abriu as asas e voou para o alto de uma árvore, onde se pôs a cantar. O chefe da aldeia e os juízes não estavam entendendo nada.

A moça por quem todos competiam sorriu, numa mistura de alegria e tristeza. Alegrava-se com a beleza do pássaro e de seu canto, mas lamentava, pois não poderia se casar com o amado.

O passarinho marrom voou para dentro da mata, e a filha do chefe o seguiu. Espantados, seu pai e os familiares correram atrás dela, mas não a alcançaram.

A moça corria tanto que começou a flutuar sobre os arbustos. Quando a ave, lá adiante, cantava, ela respondia com seu canto. Aos poucos, ela foi se transformando em uma ave, também de cor marrom e com manchas avermelhadas.

No alto de uma imensa árvore, enfim, os dois se encontraram. E lá mesmo decidiram construir uma casa para morar, feita de barro, como eram as casas das pessoas de sua aldeia. Nunca mais se separaram, e seus descendentes, depois deles, continuam a construir casinhas de barro e a viver sempre junto aos companheiros escolhidos.

K
DE KIWI

Não, não estamos falando de frutas! O kiwi é um animal que existe em um único país: a Nova Zelândia, formada por ilhas que ficam no oceano Pacífico, no continente da Oceania. É ave, mas não voa; tem o tamanho de uma galinha e bota ovos bem grandes, que são chocados pelo casal de kiwis.

Existem cinco espécies conhecidas dessa ave, todas ameaçadas de extinção, embora seja um animal muito querido na Nova Zelândia, a ponto de ter se tornado o símbolo nacional do país — os próprios neozelandeses gostam de ser chamados de "kiwis"!

A Nova Zelândia teve por habitantes mais antigos o povo maori, e seu nome na língua maori é Aotearoa, que significa "Terra da Grande Nuvem Branca". Os maori possuem inúmeros mitos, cheios de encanto e de curiosidades. Contamos aqui um dos mais poéticos, que explica por que uma ave tão querida, o kiwi, não pode voar.

Esta ave que não voa faz parte da ordem dos Apterigomorfos. Seu gênero na classificação animal é *Apteryx*, e existem cinco espécies diferentes de kiwis.

A AVE QUE PERDEU AS ASAS

📍 Nova Zelândia (Oceania)

No início dos tempos, Tane-Mahuta, o deus das florestas, andava pela Terra cuidando de suas filhas, as árvores. Percebeu que havia bichinhos e pragas roendo os troncos, deixando as árvores doentes; não havia nenhum animal nas matas para protegê-las. Tane-Mahuta pediu ajuda a seu irmão Tane-Hokahoka, o Senhor dos Pássaros. E os dois convocaram as aves que voavam lá no alto.

— Pequenos bichos estão destruindo minhas filhas, as árvores — disse Tane-Mahuta. — Algum de vocês, pássaros, quer vir morar aqui embaixo na floresta para caçar essas pragas?

As aves olharam lá do alto para o chão da floresta escura e úmida, e ficaram em silêncio.

— Pássaro Tui, você não quer descer aí do teto do céu? — Tane-Hokahoka convidou.

O passarinho observou a escuridão entre os troncos das grandes árvores e estremeceu.

— Não, Tane-Hokahoka. A floresta aí embaixo é muito escura, e eu tenho medo do escuro.

O deus se voltou então para Pukeko.

— Pukeko, você não quer descer aí do teto do céu? — perguntou.

A ave olhou para o chão lá embaixo, viu a terra molhada e sacudiu as penas, com frio.

— Não, Tane-Hokahoka. O chão de terra é frio e úmido, e eu não quero molhar meus pés.

Sem desistir, o Senhor dos Pássaros olhou para Warauroa, o cuco brilhante, e pediu:

— Warauroa, você não quer descer aí do teto do céu?

O cuco viu o sol passar entre os galhos das árvores e olhou para a família ao seu lado.

— Não posso, Tane-Hokahoka, estou muito ocupado construindo um ninho para meus filhos.

Triste, o deus percebeu que seus pássaros não desceriam para a floresta e que as árvores morreriam.

— Kiwi, você não quer descer aí do teto do céu? — rompeu o silêncio, numa última tentativa. O Kiwi olhou para a floresta escura, a terra úmida, e para sua família toda voando lá no alto.

— Eu desço — respondeu.

Foi grande a alegria de Tane-Mahuta e Tane-Hokahoka. Havia esperança! Mas...

— Kiwi — explicou o deus das florestas —, se você descer, precisará ter pernas grossas e fortes para sobreviver, perderá suas asas e as penas coloridas. Não poderá mais voltar ao teto do céu.

O Kiwi agitou as belas asas e deu um olhar de adeus aos seus familiares, belos e velozes.

— Eu desço — confirmou.

Foi graças ao pequeno Kiwi e seus descendentes que as pragas das árvores foram derrotadas. Por ordem de Tane-Hokahoka, o pássaro Tui ganhou penas brancas no pescoço, como marca de sua covardia; o Pukeko, que não queria molhar os pés, teve de ir viver no pântano. E Warauroa, o cuco brilhante, depois daquilo, nunca mais pôde construir ninhos: passou a botar seus ovos nos dos outros. O Kiwi, porém, apesar de perder as asas, tornou-se o mais conhecido e amado de todos...

L DE LOBO

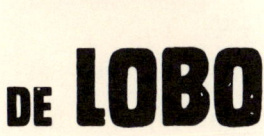

O lobo é um predador, uma das feras mais temidas pelos seres humanos. É um cão selvagem que existe desde a Idade do Gelo; portanto, há lobos uivando por aí há uns trezentos mil anos... Hoje, existem espécies morando nas terras da Europa, da Ásia e da América do Norte, em florestas e outros hábitats. São caçadores velozes e possuem dentes afiados. Tem gente que jura que os lobos são os tataravós dos nossos cachorros domésticos. Será?

As histórias com lobos são contadas há séculos, e esses personagens sempre são assustadores. Mas, se você tinha medo do Lobo Mau que assoprava as casas dos porquinhos, daquele que queria devorar as sete cabrinhas ou do que se disfarçou de avó da Chapeuzinho Vermelho, saiba que nenhum desses era tão maligno e assustador quanto os lobos da mitologia nórdica!

Essas histórias incluem mitos dos povos islandeses, escandinavos (da Dinamarca, Suécia e Noruega) e finlandeses, e uma de suas criaturas mais terríveis é um superlobo, o voraz Fenrir.

Os lobos são animais mamíferos, também pertencentes ao filo Chordata (Cordados). Fazem parte da ordem dos Carnívoros e da família Canidae (Canídeos). Seu gênero é o *Canis* e sua espécie recebe o nome científico de *Canis lupus*.

O MAIS FEROZ DE TODOS OS LOBOS

Islândia, Dinamarca, Noruega, Suécia e Finlândia (Europa)

No Asgard, o lar dos deuses nórdicos, vivia Loki. Ele era filho dos gigantes e inimigo dos deuses, mas, apesar disso, era protegido por Odin, o mais poderoso dos seres divinos. Loki vivia aprontando com todos e, em uma de suas aventuras, acabou por se casar com a giganta Angrboda.

Um dos filhos de Loki com Angrboda foi o lobo Fenrir. Desde que nasceu, o lobinho já era feroz; tremendamente mal-humorado, atacava quem se aproximasse. Odin resolveu criá-lo no Asgard, porém, o bicho não parava de crescer, e o único que conseguia se aproximar para alimentar a fera era Tyr, o deus das batalhas.

Fenrir teve dois filhos, os lobos Skoll e Hati, mas nenhum era tão assustador quanto ele. Os deuses tentaram prendê-lo com uma corrente, dizendo que iam fazer uma brincadeira. O lobo aceitou ser preso, mas foi só esticar seus músculos que os elos da corrente arrebentaram. Depois de várias tentativas de o amarrarem, cada vez com uma corrente maior, o lobo parecia furioso, prestes a atacar os moradores do Asgard. Se ele saísse dali, iria aterrorizar o mundo... Além disso, havia uma profecia horrível passando de boca em boca: um dia, Fenrir mataria o próprio deus Odin!

— Isso não pode acontecer — decidiu Odin. — Precisamos da ajuda dos anões!

Então os deuses enviaram um emissário à terra dos anões, que construíam as coisas mais impossíveis, embora cobrassem muito caro por elas; encomendaram uma corda capaz de deter o lobo gigante. Os anões aceitaram o desafio e começaram a trabalhar. Para criar a nova corrente, usaram seis elementos mágicos: o som das pisadas de um gato, as raízes de uma montanha, a barba de uma mulher, os tendões de um urso, a saliva de um pássaro e a respiração de um peixe. Depois de utilizarem esses itens escolhidos a dedo, eles deixaram de existir no mundo. E assim surgiu Gleipnir, uma corrente que parecia um fio bem fino de seda, mas que nada conseguia partir.

Agora... como convencer o lobo a se deixar amarrar por aquilo? A desconfiada fera achava que a fita de seda não o prenderia, mas suspeitava de algum truque dos deuses. E Tyr, o deus que o alimentava, o acalmou, pondo a mão dentro da boca de Fenrir, que ficou quieto enquanto o prendiam.

Entretanto, o lobo bem depressa percebeu que aquela não era uma brincadeira: Gleipnir era mais forte que ele! Não podia escapar, por mais que se debatesse e usasse sua imensa força. Quem pagou por isso foi Tyr, pois a primeira mordidinha da fera arrancou sua mão! Os deuses amarraram a outra ponta da corrente numa enorme pedra, colocaram lobo e pedra no fundo da terra e o deixaram preso lá.

Dizem que Fenrir continua prisioneiro no fundo da terra, babando de raiva. A sua baba criou o rio Van, e a profecia ainda persiste: um dia chegará o Ragnarok, o Crepúsculo dos Deuses. Nesse dia, o lobo Skoll devorará o Sol, o lobo Hati comerá a Lua, tudo ficará escuro e as amarras se soltarão. Fenrir estará livre e acabará com Odin numa grande batalha que marcará o fim do mundo.

M
DE MACACO

A palavra "macaco" vem da África: *makako*. Refere-se a muitas das espécies de símios ou primatas. São tantos os animais que fazem parte dessa ordem que "macaco" se tornou uma palavra comum para vários deles, dos maiores (gorilas, orangotangos) aos menores (micos, saguis). Há símios em quase todos os continentes do mundo, principalmente nas regiões quentes (tropicais), mas existem também algumas espécies que vivem em locais altos e gelados.

Encontramos histórias sobre macacos em várias mitologias do mundo. Há até um mito grego que conta sobre os cércopes, um bando de assaltantes; eles tentaram atacar o valente Héracles (Hércules), mas foram aprisionados por ele. O herói os soltou, pois eram só uns brincalhões e zombeteiros; mas Zeus, o pai do herói, os transformou em macacos.

O macaco mais famoso de todos talvez seja Hanuman, da Índia. Suas aventuras fazem parte do Ramayana, a longa história do guerreiro Ramashandra, ou Rama, que foi um dos avatares (diferentes personalidades) do deus Vishnu.

Os macacos são parte do filo Chordata (Cordados). Vertebrados e mamíferos, eles pertencem à ordem dos Primatas, como nós, os seres humanos. De inúmeros gêneros, cada uma de suas muitas espécies recebe um nome científico correspondente.

O DEUS-MACACO

Índia (Ásia)

Há várias histórias sobre o nascimento de Hanuman. Dizem que ele era filho de Anjana, uma rainha do povo símio que vivia nas florestas. Seu pai foi Vaiu, o deus dos ventos. Assim que nasceu, o macaquinho tinha tanta fome que o leite da mãe não era o bastante; quando viu o Sol no céu, achou que fosse algo de comer. Saiu correndo atrás dele, e o Sol teve de fugir para não ser devorado!

Hanuman cresceu e tornou-se um guerreiro. Tinha o pelo de cor dourada, uma longa cauda e olhos faiscantes: seu rugido punha em fuga os inimigos do exército de macacos de que fazia parte.

Seus poderes aumentaram quando o rei dos macacos, Sugriva, apoiou o herói Rama e enviou seu exército, sob o comando de Hanuman, para ajudá-lo. Rama era uma encarnação de Vishnu: nascera um príncipe, mas as intrigas de sua madrasta o fizeram ser exilado para as florestas por quatorze anos, junto com sua esposa Sita. Ora, aconteceu que Ravana, um *rakshasa* (espécie de demônio), raptou Sita e a levou para seu reino, na ilha de Lanka, desejando casar-se com ela.

Rama ficou desolado, e seus aliados buscaram por toda parte a princesa raptada. Hanuman saiu viajando para obter notícias dela. Descobriu que

Sita estava em Lanka. Mas como atravessar as águas que separavam o continente daquela ilha? Enquanto pensava, descobriu que podia crescer ou diminuir para o tamanho que quisesse! E mais: era filho de Vaiu, o vento, e tinha o poder de voar.

Hanuman voou e saltou sobre o mar. No meio do caminho, porém, foi atacado por uma *rakshasa* fêmea, que o engoliu! Usando seus novos poderes, ele diminuiu e ficou pequenininho. Quando chegou ao estômago da criatura, começou a aumentar de novo, até crescer tanto que fez a *rakshasa* arrebentar. Continuando seu voo, chegou a Lanka e ficou do tamanho de um gato.

Nessa forma, podia andar por toda parte. Encontrou Sita e a avisou de que seu esposo viria libertá-la. Depois de fazer muito estrago na cidade dominada por Ravana, Hanuman voou de volta para o continente e contou a Rama o que descobrira sobre as defesas de Lanka. Com essas informações, o herói e seus aliados construíram uma ponte para chegar à ilha. Então travou-se uma grande batalha às portas dos domínios de Ravana, com o exército de macacos dando apoio ao príncipe exilado.

Quando Rama e um de seus irmãos foram feridos na batalha, Hanuman voou até o Himalaia em busca de ervas mágicas para curar os dois. Enfrentou muitas dificuldades e quase não teve sucesso, pois, quando voltava, viu que a Lua já subia no céu. Ora, as ervas curadoras que o macaco trazia não funcionariam sob o luar. Hanuman não teve dúvida: deu um grande salto para o céu e engoliu a Lua! Só a devolveu depois que as ervas do Himalaia haviam curado os doentes.

Rama venceu Ravana e agradeceu a Hanuman, que não quis nenhuma recompensa: só pediu que pudesse viver enquanto os seres humanos se lembrassem dos feitos de Rama. Como Rama é um avatar de Vishnu, e por isso sempre será lembrado, o deus-macaco se tornou imortal.

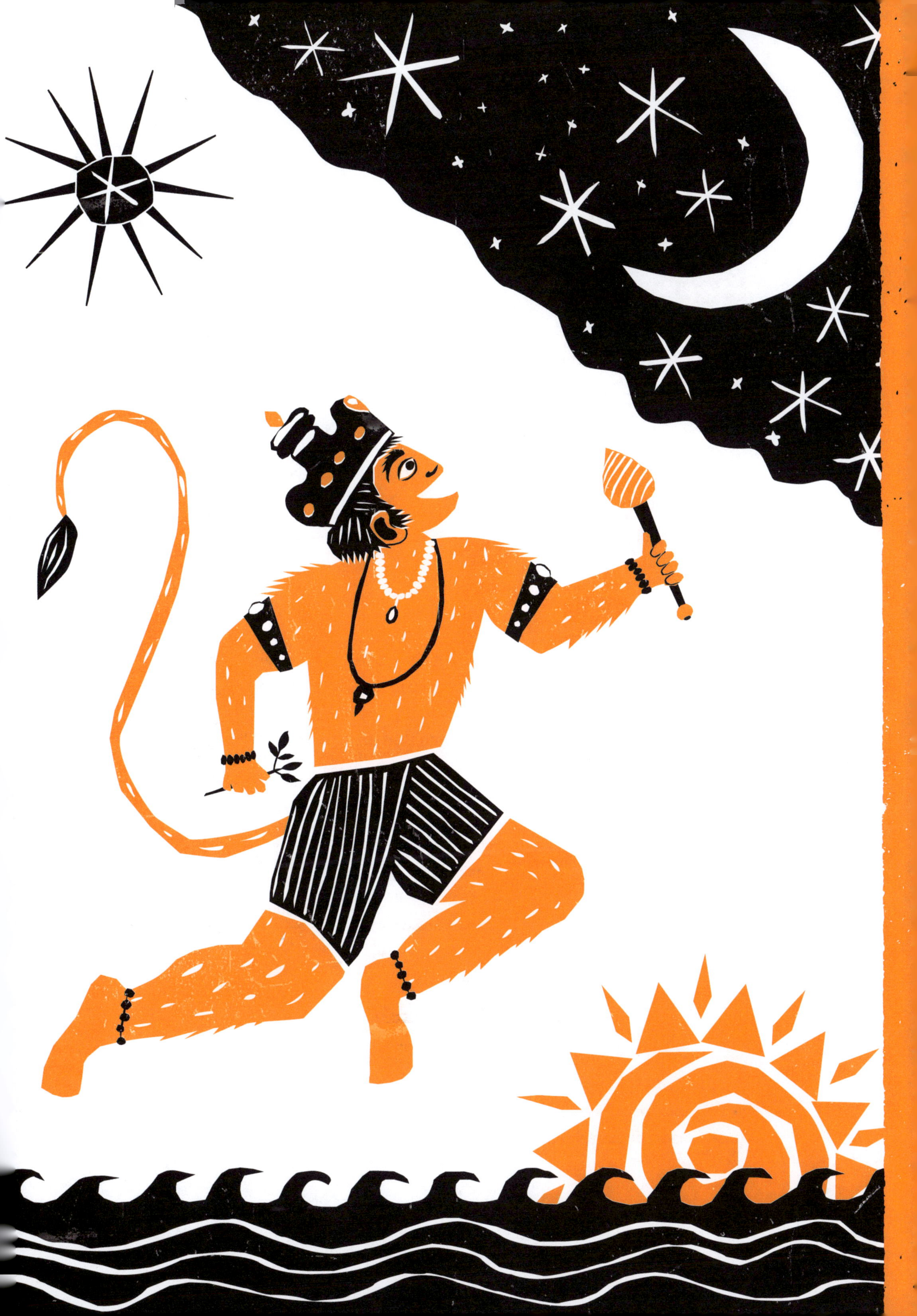

N
DE NARVAL

O narval é um mamífero cetáceo, parente da baleia, porém menor que ela — pode chegar a ter cinco metros de comprimento. Ele e seu familiar mais próximo, a beluga, vivem no Ártico, nas águas frias próximas à Groenlândia, no norte do Canadá e na Rússia. O que chama a atenção no narval é sua presa, que é parecida com uma lança afiada. Ela é toda decorada com um desenho em espiral e pode medir até três metros! Não é um chifre, como parece ser: é um dos seus dentes caninos, que se desenvolve mais que o outro, e quase que somente nos machos. Por conta dessa presa, há quem chame o narval de "unicórnio do mar".

A história que escolhemos sobre o narval pertence à mitologia dos inuítes, que vivem nessas regiões geladas. Esse povo faz parte dos grupos antigamente chamados de "esquimós". Seus mitos são muito ricos e, como formam uma sociedade de caçadores, os animais são os personagens da maior parte deles, como nesta narrativa que nos conta a origem do estranho chifre (ou dente) do narval.

Apesar de viver na água, o narval é um animal da classe dos Mamíferos. Pertence à ordem dos Cetáceos e à família Monodontidae (Monodontídeos). Sua espécie tem o nome de *Monodon monoceros*.

O PRIMEIRO NARVAL

📍 Canadá (América do Norte), Groenlândia (Dinamarca, Europa) e Rússia (Eurásia)

Um menino e uma menina moravam com sua madrasta, que era viúva. Ela os tratava muito mal, tanto que o menino ficou doente e perdeu a visão. A mulher aproveitou então para lhe dar menos alimento, e a irmã só podia levar comida para ele escondida, para não ser maltratada também.

Esse menino tinha grande habilidade com o arco e flecha. Um dia, mesmo sem enxergar, acertou um urso que entrou na cabana onde viviam, o que foi desmentido pela madrasta.

O tempo passou e os dois irmãos cresceram, sempre infelizes. Certo dia, um pássaro mergulhão viu o menino cego, que agora já era um rapaz, e lhe disse:

— Venha comigo, vou curar você.

O jovem seguiu os sons da ave e andou até chegarem a um lago. O pássaro mergulhão então o abraçou com as asas e submergiu com ele nas águas. Quando subiram de volta à superfície, perguntou:

— Está enxergando alguma coisa?

Ele continuava a não ver nada, e o mergulhão voltou a entrar com ele nas águas. Ao emergir, o rapaz já começava a enxergar um brilho... A ave tornou a levá-lo para o fundo do lago. Dessa vez, demoraram mais e, quando saíram, o jovem abriu os olhos e exclamou:

— Agora posso ver tudo!

Ele agradeceu muito ao pássaro mergulhão e retornou para sua cabana. Lá, a irmã o felicitou por ele ter recuperado a visão. Ao ver a pele do urso que caçara, ele entendeu que a madrasta havia mentido. Nesse momento, decidiu que não dependeriam mais daquela mulher e, com a ajuda dos inuítes daquela região, fabricou um arpão afiado e passou a usá-lo para caçar, tornando-se um grande caçador.

Seu arpão era preso a uma forte corda que ele enrolava no próprio corpo; fincando os pés no chão, ele conseguia puxar as presas do mar para a terra firme. Quando a caça era muito pesada, a irmã o ajudava.

Um dia, a madrasta foi também até a beira d'água. Ela usava os cabelos compridos torcidos e presos nas costas. Ao ver o jovem mirar com o arpão uma baleia-branca, disse que ela mesma traria a caça para a terra, apesar de os filhos avisarem que a baleia era grande demais.

A mulher imitou o que vira o menino fazer: amarrou a corda em torno de seu corpo e fez força para puxar a caça. A baleia-branca presa ao arpão puxou a corda com tanta violência que a madrasta foi arrastada para dentro d'água. Todos viram que seus cabelos se enrolaram no arpão, formando um desenho em espiral! Ainda na superfície das águas, ela gritou:

— Louk! Louk!

Aos poucos ela foi perdendo a forma humana. Transformou-se numa baleia cinzenta, com uma única presa afiada como o arpão e seus cabelos ali enrolados formando um desenho em espiral.

E foi assim que surgiu o primeiro narval.

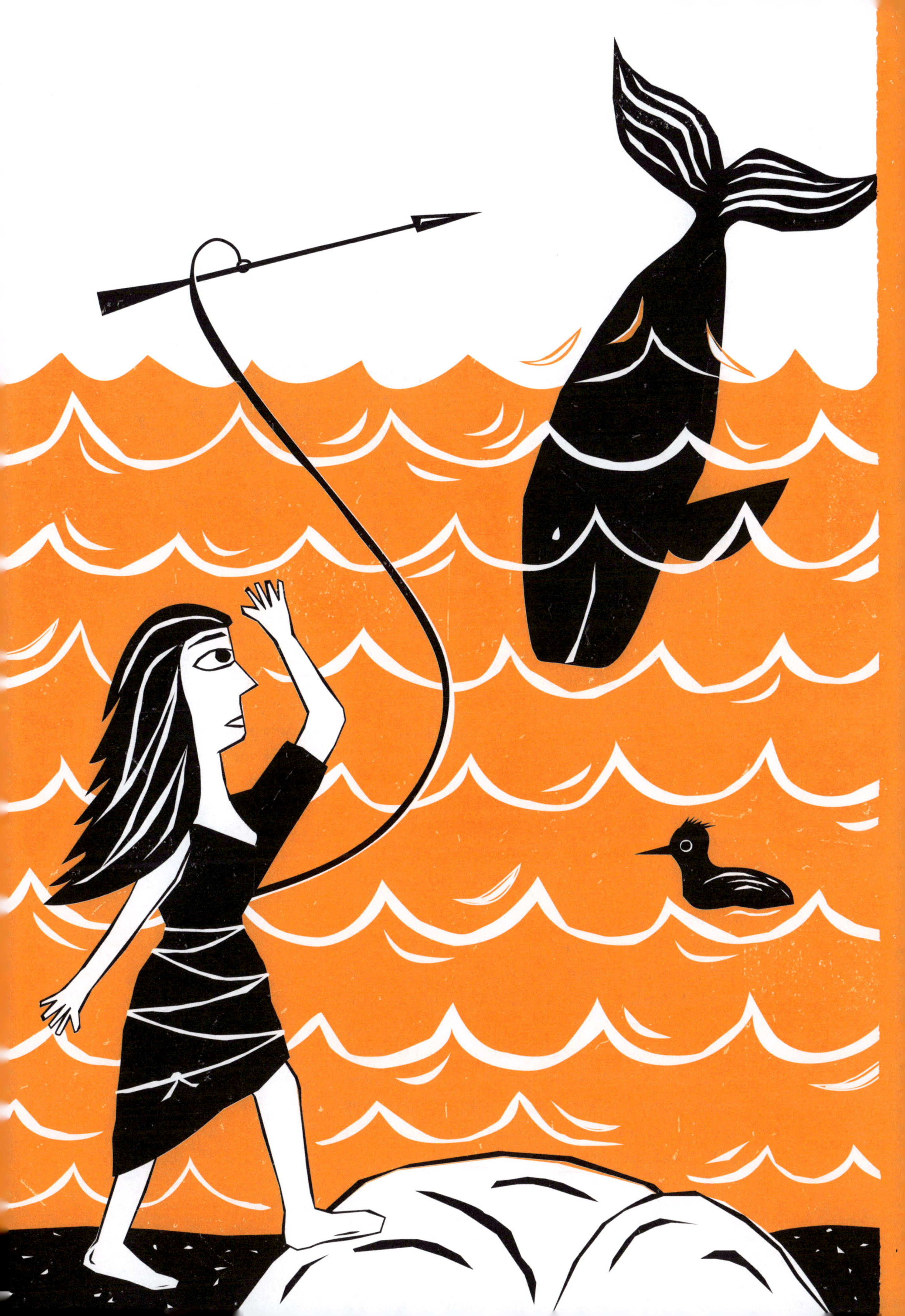

O
DE ONÇA

O mundo está cheio de felinos assustadores. Na África, há o leão; na Ásia, o tigre; e, nas Américas, a onça. Ela é o mais perigoso predador de nossas terras, uma caçadora que devora tudo o que puder caçar, considerada o terceiro maior felino do mundo. Também chamada canguçu, jaguar ou onça-pintada, não deixa de ser, antes de tudo, um gato — enorme e mortal, mas um felino como tantos outros... Parente da onça-parda (puma), a onça-pintada tem manchas e desenhos circulares em seu pelo e pode viver em vários ambientes de campo ou floresta se existir água por perto.

Não é por acaso que existem tantas onças e jaguares como personagens nos mitos dos povos indígenas americanos. Neles, às vezes, as onças até têm companheiros e familiares de outras espécies (há uma história em que a onça é comadre de um sapo, e outra em que ela adota filhotes humanos). Mas, em geral, ela é a vilã e sempre acaba se dando mal... Escolhemos narrar, entre os muitos contos sobre onças, um bem curioso dos kamaiurá, povo que habita a região do Xingu.

Mamífero da ordem dos Carnívoros, a onça faz parte da família Felidae (Felídeos). Seu gênero é o *Panthera* e sua espécie recebe o nome científico de *Panthera onca*.

A ONÇA QUE NÃO PARAVA DE CRESCER

📍 Brasil (América do Sul)

Às margens do rio Karisevu morava um homem chamado Tamakavi. Ele saía de casa todos os dias para cuidar da roça e sempre dizia para sua esposa:

— Não mexa nos meus desenhos! Estão bem guardados e ninguém pode olhar para eles.

De tanto ouvir isso, a mulher ficou curiosa com os tais desenhos. Até que, um dia, não aguentou: pegou o bornal do marido, escondido sobre o jirau, abriu-o e olhou o que ele desenhara.

Eram onças em pequenas ilustrações, muito bem-feitas. Pareciam de verdade... Muito admirada, percebeu que as oncinhas desenhadas começaram a sair do papel!

A mulher tentou guardar os desenhos, mas não deu tempo. Fora do papel, as onças cresceram e a atacaram. Depois, saíram da casa aos rugidos e puseram-se a avançar contra todos que estavam na aldeia.

Lá da roça, Tamakavi ouviu os rugidos e percebeu o que estava acontecendo. Correu para a aldeia, mas não conseguiu salvar ninguém; sobreviveram apenas os que estavam fora de lá quando os desenhos ganharam vida.

Como as onças já estavam do tamanho das pessoas, Tamakavi mandou avisar o povo das aldeias vizinhas que um grupo de onças ferozes andava pela região, caçando quem encontrasse pelo caminho — todos deviam fugir e esconder-se no alto das árvores.

Tamakavi tratou então de se mudar para outra aldeia, às margens da lagoa Itavuvuno. Lá, começou a treinar dois moços valentes para enfrentar as feras com arco e flecha. Prepararam também uma armadilha, um imenso buraco na entrada da aldeia: à direita e à esquerda do buraco, Tamakavi construiu jiraus bem altos para os dois moços subirem, um de cada lado, para esperar as onças.

Enquanto isso, o tempo passava e as onças cresciam sem parar; quando saíram da aldeia do povo bacaeri, elas já eram gigantes! Os bacaeri haviam se escondido em árvores, e lá de cima conseguiram flechar várias delas, mas uma onça escapou e não parava de crescer...

O chefe dos bacaeri mandou avisar Tamakavi de que a enorme fera ia justamente em direção à lagoa onde estava. Sabendo disso, ele avisou aos dois moços para se prepararem. O momento estava chegando! Os dois pegaram duas flechas cada um e subiram aos jiraus; todos os outros se esconderam.

Afinal, viram a onça se aproximando. Havia crescido tanto que já estava maior que uma casa! Apesar do medo, o povo da aldeia fazia barulho, atraindo a atenção dela para aquele lugar.

A onça podia ser gigante, mas não era muito esperta. Entrou pela aldeia bem no ponto em que Tamakavi queria, e os dois moços se prepararam. Dispararam suas quatro flechas... E acertaram todas!

A onça morreu, caindo dentro do buraco que haviam cavado. Todos cantaram e dançaram com alegria por terem escapado de serem caçados. Dizem que Tamakavi fez cintos com o imenso couro da onça, e que foram tantos e tantos que cada morador daquela aldeia e das aldeias vizinhas ganhou um deles de presente.

P de PAVÃO

O pavão é uma ave curiosa, especialmente por sua cauda — quando fica aberta, deixa todo mundo maravilhado com as cores fantásticas e os desenhos que parecem olhos. Talvez o pavão mais fotografado do mundo seja o pavão-indiano, também chamado de pavão-comum ou pavão-azul. Essa é uma espécie nativa da Índia e a maior curiosidade está no fato de que a belíssima cauda só é mostrada pelos machos quando estão buscando uma companheira.

O pavão-indiano é a ave nacional da Índia. Vive em pradarias, bosques e florestas; gosta de comer sementes, frutos e insetos. As fêmeas fazem ninho no chão, mas essas aves costumam dormir no alto das árvores. Outras espécies conhecidas são o pavão-verde (do sul da Ásia) e o pavão-do-congo (na região central da África).

Na mitologia chinesa, o pavão é símbolo de prosperidade; na mitologia indiana, é usado como montaria de Sarasvati, a deusa do conhecimento e da sabedoria. Porém, o mito que vamos contar é grego: ele veio diretamente do monte Olimpo, a morada dos deuses helênicos.

O pavão é uma ave da ordem dos Galiformes — isso mesmo, é parente das galinhas. Sua família é a Phasianidae (Fasianídeos), e existem dois gêneros e três espécies de pavões. O gênero *Pavo* tem o *Pavo cristatus* e o *Pavo muticus*, e o gênero *Afropavo* tem a espécie *Afropavo congensis*.

OS OLHOS DE ARGOS

📍 Grécia (Europa)

Hera, a senhora do Olimpo, não era boba. Sabia que seu marido, Zeus, estava interessado em alguma garota. Apesar de serem casados há tempos, ele sempre dava um jeito de namorar outras mulheres — que podiam ser deusas, ninfas ou mortais.

Hera tinha um aliado que a ajudava a vigiar Zeus e suas namoradas. Esse guardião era chamado Argos Panoptes, palavra grega que quer dizer "o que tudo vê". E ele via tudo mesmo, pois tinha cem olhos. Com cada olho fitando um lado, não perdia nada do que acontecia ao seu redor!

Não demorou e ele logo descobriu o novo interesse do marido de Hera e veio contar à deusa:

— Zeus está apaixonado por Io, a filha do deus-rio Ínaco.

A senhora do Olimpo ficou furiosa. Io era uma de suas sacerdotisas! Claro que a moça, que era muito bela, não tinha culpa de ter atraído os olhares do mais poderoso dos deuses. Mas Hera não quis saber: estava decidida a impedir o marido de se aproximar da nova namorada.

— Fique de olho nele e nela, Argos — Hera ordenou a seu guardião.

Porém Zeus — que também não era bobo — percebeu a desconfiança de sua esposa e deu um jeito de sumir com Io. Usou seu poder divino e transformou-a... em uma vaca!

Foi um custo para Argos descobrir o que acontecera, mesmo tendo cem olhos. Depois de muito buscar, ele encontrou o lugar onde a moça transformada em vaca se escondera e foi postar-se junto dela, de vigia.

Zeus ficou transtornado. Queria encontrar a namorada, mas Argos não se afastava; dormia com metade dos olhos enquanto os outros cinquenta vigiavam... O jeito, então, foi pedir ajuda a outro deus olímpico: Hermes, o mensageiro. Sob ordens de Zeus, este teve de ir vigiar o vigilante.

Chegando lá, o deus mensageiro viu que não poderia derrotar em luta o tremendo Argos; então, pegou uma das invenções de Pã, a flauta de caniços. Pôs-se a tocar uma canção suave. Ao som dos caniços, Argos não resistiu... e adormeceu. Foi o que bastou para que Hermes acabasse com ele.

Livre da vigilância, Io fugiu de lá, e Zeus conseguiu, afinal, encontrar-se com ela.

Hera não deixou barato: fez surgir uma mosca gigante e a mandou seguir Io. A mosca começou a picar sem dó a garota-vaca, que ficou transtornada com aquela perseguição voadora. Saiu correndo e fugiu para os confins do mundo... O senhor do Olimpo perdeu a namorada.

Quanto ao fiel Argos, a deusa não deixaria que sua morte fosse em vão. Fez com que os cem olhos se abrissem e os colocou na cauda de sua ave favorita, o pavão. Daquele dia em diante, essas aves herdaram esses belíssimos desenhos em suas penas, e o pavão tornou-se o símbolo de Hera.

É por isso que os pavões, até hoje, possuem aqueles "olhos" em suas caudas. São os olhos de Argos Panoptes, o guardião, que continuam atentos a tudo o que acontece ao seu redor.

Q
DE QUETZAL

A bela ave chamada quetzal é nativa das florestas tropicais da América Central. Existem cinco espécies diferentes, mas a mais conhecida é chamada de quetzal-resplandecente. Possui cores brilhantes: cabeça e costas de cor verde intensa e vermelha; os machos têm ainda uma crista verde-amarelada na cabeça. Como acontece com outras espécies, o macho apresenta cores mais acentuadas e as penas em sua cauda aumentam na época de acasalamento, podendo atingir até um metro de comprimento! O quetzal é a ave nacional da Guatemala, o que não impede que sua espécie esteja ameaçada de extinção.

O nome "quetzal" vem da língua náuatle e significa "bela pena brilhante". Esse idioma era falado por boa parte do povo asteca, na época em que esse império dominava o território do atual México e as terras próximas. A ave está ligada aos mitos do deus Quetzalcoatl. São inúmeras as histórias sobre ele, e vamos contar aqui uma das muitas variações da mitologia asteca que fala desse poderoso ser.

O quetzal-resplandecente é uma ave que pertence à família dos Trogoniformes e seu nome científico é *Pharomachrus mocinno*.

A AVE QUE VEIO DO FOGO

📍 Guatemala (América Central) e México (América do Norte)

No distante Oriente, morava um deus brilhante, que enxergava ao longe. Um dia, ele viu que do outro lado do mundo havia muitas, muitas pessoas que viviam em grandes dificuldades. Por isso, decidiu ir até aquele povo e ajudá-lo.

Quando chegou às terras de Tullan, o deus criou para si um corpo humano e foi chamado Quetzalcoatl, a serpente emplumada. Começou a ensinar artes e ciências aos seres que lá viviam; plantou árvores, construiu palácios e criou regras para as pessoas viverem em paz e com prosperidade.

Infelizmente, a felicidade do deus e daquele povo foi perturbada pelo irmão de Quetzalcoatl.

Tezcatlipoca, o senhor do céu noturno, vivia numa estrela distante e via por meio de seu espelho encantado tudo o que acontecia. Decidiu acabar com a alegria de todos, pois só gostava de caos, de conflitos. E partiu ao encontro do povo de Tullan.

O irmão o recebeu com alegria, sem desconfiar de suas más intenções. Mas logo Tezcatlipoca passou a planejar uma forma de destruir o deus brilhante, seu povo e sua civilização.

Um dia, preparou certa poção mágica e serviu numa taça a Quetzalcoatl, que bebeu pensando tratar-se de algo comum. Logo sua mente e seu corpo foram corrompidos pela poção, e ele começou a destruir muitas das coisas que havia criado.

Derrubou construções que erguera, cortou árvores e plantas, espantou as aves que cantavam ao redor de sua bela cidade. Tristeza e doenças passaram a entrar nas casas das pessoas. E o senhor do céu noturno se alegrou, pois amava a destruição e o sofrimento.

Quando passou o efeito da poção, Quetzalcoatl se sentiu arrasado. Não teve coragem de voltar e encarar o povo da cidade que destruíra... Cobriu seu rosto com uma máscara de serpente e pôs sobre os ombros uma comprida capa feita de penas de pássaros. Em seguida, saiu em uma andança sem rumo, até que decidiu partir do Ocidente e retornar ao Oriente distante.

Foi até uma praia. Além do oceano, sabia que estava sua terra de origem, porém, não poderia voltar para lá naquele corpo humano. Assim, juntou restos de madeira e plantas secas na areia da praia e acendeu uma grande fogueira. Jogou nela sua máscara de serpente e o manto de penas.

Por fim, com um último olhar às terras que havia amado, Quetzalcoatl, a serpente emplumada, entrou na fogueira. O fogo ardeu por muito tempo e seu espírito voou para longe, até que nada restou, apenas cinzas... E das cinzas restantes saíram várias aves que se lançaram ao céu.

Cada uma delas era um quetzal-resplandecente, a ave colorida que até hoje ilumina as matas. Depois disso, Tezcatlipoca reinou sobre o mundo, que se tornou triste e cheio de injustiças.

Mas essa ave, o quetzal, é a marca e a lembrança de que Quetzalcoatl não nos esqueceu: um dia ele retornará do distante Oriente e trará de volta seu reino de ciência e arte, paz e justiça.

R
DE RÃ

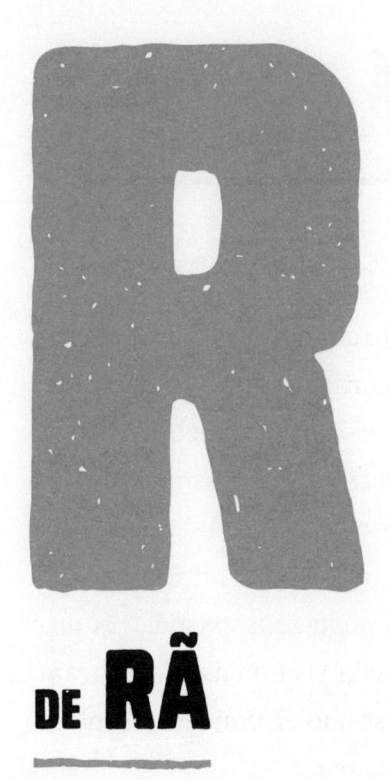

As rãs são animais anfíbios, e suas muitas espécies se espalham por quase todo o planeta. Os anfíbios são animais que podem viver uma parte da vida em água e uma parte em terra. A rã que é a estrela de nosso mito é natural das terras centrais da Austrália, no continente da Oceania, e também é conhecida como rã-retentora--de-água". Isso porque ela absorve água não só ao beber, mas também pela pele, conseguindo armazenar o líquido para sobreviver bem em tempos de seca.

Há mitos que envolvem rãs e sapos em todas as culturas do mundo. Esta história é uma das mais curiosas e faz parte do conjunto de mitos do Sonhar — o tempo mágico que os povos mais antigos da Austrália chamaram de *Alchera*, o Tempo do Sonho. Teria sido nesse tempo que todas as coisas foram criadas e que muitos seres estranhos apareceram.

Chamamos de rãs as espécies que pertencem à família Ranidae (Ranídeos). São animais da classe dos Anfíbios e da ordem dos Anuros. A rã-retentora-de-água tem o nome científico *Litoria platycephala*.

TIDDALIK E AS ÁGUAS

📍 Austrália (Oceania)

No tempo em que os seres ainda estavam sendo criados, viveu uma rã chamada Tiddalik. E houve um dia em que Tiddalik acordou sentindo muita sede.

O tempo estava seco e havia pouca água; por isso, a rã foi bebendo tudo o que encontrava em lagoas, rios, nascentes e poças. Mesmo assim, sua sede não passava, e ela continuou a buscar líquido por toda parte. Até que, com a barriga cheia, resolveu descansar.

O problema é que Tiddalik havia bebido toda a água que existia.

Enquanto ela dormia, surgiu uma seca terrível! Os animais procuravam onde matar a sede e não encontravam nem um restinho de umidade. As plantas também já estavam morrendo.

Quem descobriu o que havia acontecido foi a velha coruja, uma ave sábia, que voou de um lado para outro investigando o que ocorria. Afinal, ela revelou:

— Tiddalik, a rã, tomou toda a água que havia. Não sobrou nem uma gotinha para nós!

Os animais reclamaram, furiosos.

— Sem água, todos morreremos! O que vamos fazer?

De novo, foi a sábia coruja que pensou numa solução.

— Tiddalik está dormindo com a boca bem fechada. Se conseguirmos acordá-la e fazer com que ela ria, vai abrir a boca e liberar a água que engoliu!

Assim, um grupo de bichos foi ao encontro da rã. Chamaram seu nome, até que ela abriu os olhos. Mal-humorada por ter sido acordada, nem abriu a boca.

Um por um, os animais começaram a fazer graça, para ver se ela ria. Alguns voavam de um jeito engraçado, outros contavam histórias cômicas, e havia aqueles que davam saltos malucos na frente dela. Tiddalik, porém, não achava graça em nada. Só ficava ali parada, olhando, cada vez mais mal-humorada, para aquele grupo de bichos — pensava que eles pareciam doidos de vez...

Quando eles já estavam desistindo, chegou Nabunum, a enguia. Ela não perdeu tempo: começou a dançar de um jeito desengonçado, torcendo seu corpo comprido e dando nós em si mesma. Tão esquisita era sua dança que Tiddalik parou para olhar. Deu uma risadinha. Depois, uma risadona.

Aí, sem conseguir se segurar, rompeu em gargalhadas!

Assim que sua boca se abriu, a água que ela engolira começou a sair. Primeiro num fiozinho, depois numa torrente, e por fim num aguaceiro enorme que formou riachos, pântanos, lagos e rios caudalosos. Era água que não acabava mais, e os animais correram para matar sua sede.

Quanto à rã, depois que conseguiu parar de rir, voltou a dormir.

Dizem que, até os dias de hoje, quando há seca nas terras da Austrália, as pessoas procuram por rãs da espécie de Tiddalik, que quase com certeza podem estar armazenando água na barriga...

S
DE SURUCUCU

Qual a diferença entre cobra e serpente? Todas as cobras são serpentes, mas nem todas as serpentes são cobras... A surucucu, por exemplo, pertence à subordem das Serpentes, porém à família dos Viperídeos (ela é, literalmente, uma víbora); já uma caninana pertence à mesma subordem (das Serpentes), mas faz parte da família dos Colubrídeos (as cobras).

As surucucus vivem em florestas fechadas, principalmente nas regiões Norte e Nordeste do Brasil; são consideradas as maiores serpentes peçonhentas (que têm veneno) da América Latina, podendo medir até três metros e meio de comprimento.

Este mito é bem curioso: conta que, no começo, as serpentes não possuíam veneno e passaram a tê-lo por causa de uma negociação com um membro da nação indígena mawé. Esse povo, que também é chamado sateré-mawé, vive na região do rio Amazonas. Foram os mawé que desenvolveram a cultura de uma frutinha muito importante: o waranã, que conhecemos como guaraná.

A surucucu é um Réptil (sua classe) que pertence à ordem dos Escamados e à subordem das Serpentes. Sua família é a Viperidae (Viperídeos) e seu nome científico é *Lachesis muta*.

O VENENO DAS SERPENTES

📍 Brasil (América do Sul)

Antigamente, as cobras e serpentes não tinham veneno. Isso foi num tempo bem antigo, pouco depois que o mundo tinha sido criado. O problema é que os dias eram claros demais, não havia um período escuro para que todos pudessem descansar. Não havia noite.

Mas Uanhã, do povo mawé, sabia que a noite existia. Ela pertencia à surucucu, a grande serpente. Então, decidiu um dia ir até a casa dela e comprar a noite; para isso, levou alguns presentes.

— Quero comprar a noite — disse ele. — Trouxe meu arco e minhas flechas como pagamento.

— O que vou fazer com arco e flechas, se não tenho mãos? — e a surucucu riu de Uanhã.

No outro dia, ele voltou lá; desta vez, levava belas tiras e pulseiras tecidas pelos mawé.

— Isso não me interessa — disse a serpente. — Não tenho braços e pernas para usar pulseiras!

Mesmo assim, Uanhã amarrou uma pulseira no rabo da serpente. Ela sacudiu o rabo, que fez o som *ché, ché, ché*. Até que ela gostou do barulhinho.

No dia seguinte, Uanhã resolveu ir lá de novo. Desconfiado da surucucu, combinou com um amigo que misturasse certas folhas que conhecia com água. E assim levou potes com venenos que os mawé preparavam com ervas e raízes. A surucucu ficou interessada nos venenos.

Então ela concordou com a venda da noite e entregou a ele uma cestinha. Disse:

— Aí dentro está a noite. Só abra quando chegar à sua aldeia, entendeu?

Bem satisfeito, Uanhã deixou a casa da serpente e foi encontrar os companheiros que tinham ido com ele até lá. Todos estavam curiosos, queriam de todo jeito abrir a cesta. Insistiram tanto que ele acabou abrindo e, de repente, a noite escapou! Então eles saíram correndo, com medo da escuridão. Tinham razão para ter medo, pois a surucucu havia dividido os venenos com suas parentes, as jararacas. No meio daquela escuridão toda, uma jararaca picou Uanhã, e ele caiu, envenenado.

Aquela noite da cestinha durou pouco. Assim que clareou, o amigo de Uanhã o encontrou e, com uma mistura de folhas que havia preparado, conseguiu curá-lo da picada da jararaca. Uanhã voltou à vida, mas estava muito zangado. Tornou a ir à casa da surucucu e exigiu:

— Quero a Grande Noite! A outra foi muito curta. Ou isso ou devolva todos os meus venenos!

A serpente não podia negar: teve de atender ao pedido de Uanhã. Só que, ao colocar a Grande Noite numa cesta, misturou nela muito jenipapo e todas as sujeiras que havia em sua casa. Chegando à aldeia dos mawé, Uanhã soltou a Grande Noite e, desde aquele dia, ela dura várias horas, para descansarmos.

No entanto, a Grande Noite não é pura: depois que dormimos, acordamos com a boca amarga pelo jenipapo e ainda cansados por causa das sujeiras todas que a serpente misturou a ela antes de colocá-la na cesta.

Quanto à surucucu, ela e suas descendentes têm no rabo a pulseira dos mawé, que faz *ché, ché, ché*. Quem andar pela mata e ouvir esse som, cuidado! Tem uma serpente venenosa por perto.

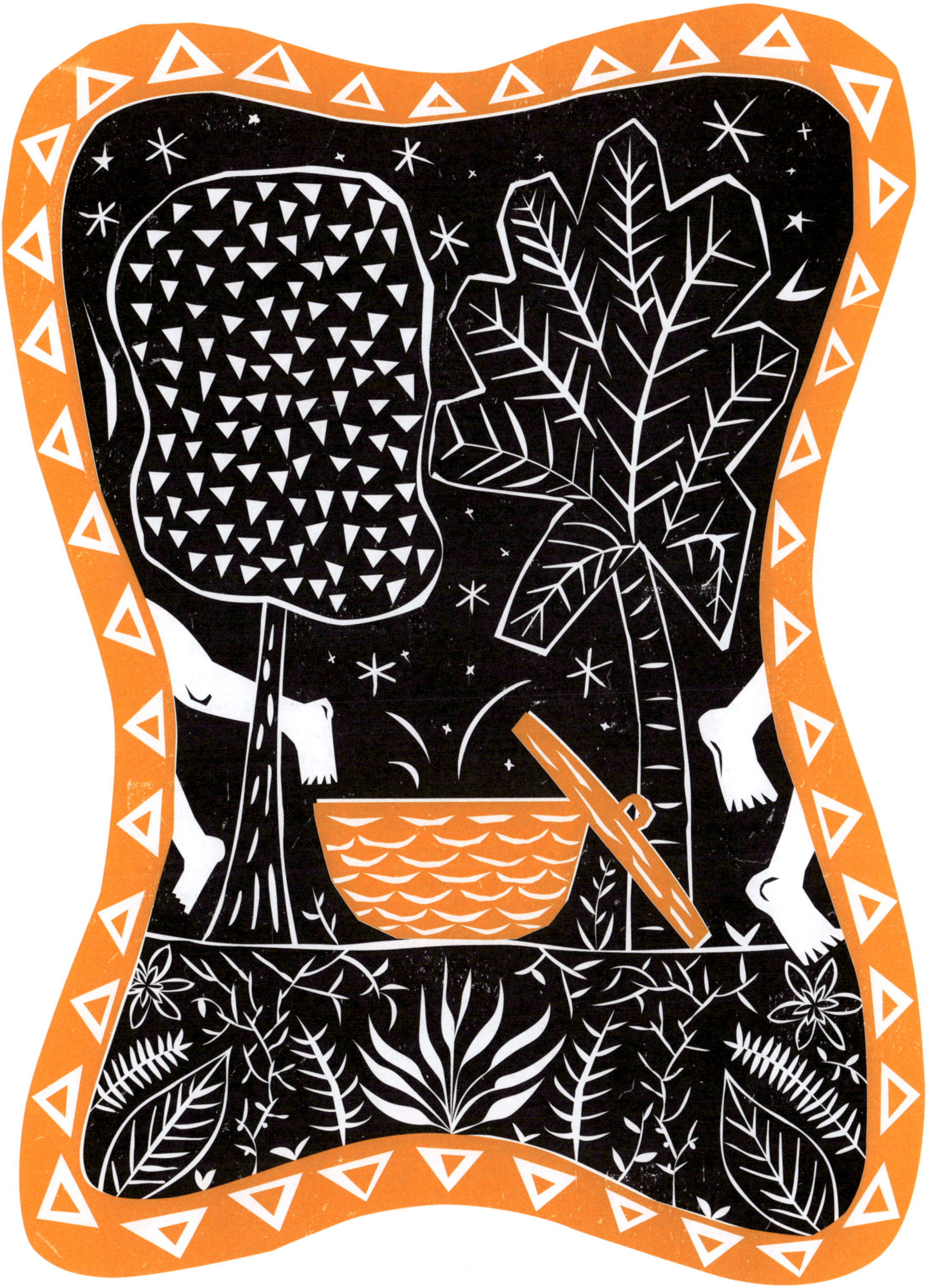

T
DE TARTARUGA

As tartarugas são animais marinhos, mas seu nome muitas vezes é usado para alguns bichos de água doce ou de terra, como o jabuti e o cágado. Sua família, os Quelônios, apresenta várias espécies de tartarugas que vivem em água salgada, em mares tropicais ou subtropicais. São répteis e botam seus ovos nas areias das praias. No Brasil, há várias espécies de tartarugas marinhas, todas ameaçadas de extinção, e o famoso Projeto Tamar tenta proteger sua existência.

A tartaruga do nosso mito vem da Índia e pertence à sua rica mitologia. É um dos mitos mais curiosos de todos, pois conta sobre um oceano inteirinho feito de leite e sobre uma tartaruga divina que desceu dos céus à terra para solucionar um enorme problema.

As tartarugas marinhas pertencem à classe dos Répteis (Reptilia). Sua ordem é a dos Testudinados e sua família é a Cheloniidae (Quelônios). Na Índia, de onde veio este mito, há cinco espécies de tartarugas marinhas, cada uma com um nome científico diferente, correspondente a suas características.

KURMA E O OCEANO DE LEITE

📍 Índia (Ásia)

Os três grandes deuses da Índia são Brahma (o que cria), Vishnu (o que conserva e protege) e Shiva (o que destrói). Um deles, Vishnu, era muito ligado à natureza humana; ele sempre voltava para perto de nós quando havia algum perigo ou ameaça. Assim, teve dez avatares (diferentes personalidades) em vários momentos da história. Ele já tinha vindo pela primeira vez como um peixe, para recuperar as escrituras sagradas que haviam se perdido, os Vedas. E, em seu segundo avatar, veio com a forma de uma tartaruga!

Aconteceu que, em uma das brigas entre os devas (deuses) e os asuras (antideuses), um grande dilúvio assolou o mundo e submergiu tudo em um oceano... feito de leite! Seres importantes se perderam no líquido branco, incluindo Lakshimi, a deusa da prosperidade; Airávata, o elefante; Dhanvantari, o deus da saúde; Chandra, a Lua... Mas a coisa mais preciosa que se perdeu no oceano de leite foi o *amrita*, o elixir da vida eterna — que era, simplesmente, creme de leite!

Foi para ajudar a recuperar o *amrita* que Vishnu veio à terra como Kurma, a tartaruga. Encontrou um grande caos em que os devas e os asuras ainda brigavam. Brahma deu uma ordem:

— Devas e asuras devem se unir para recuperar o *amrita*! Sem ele, todos morreremos.

Assim, eles precisaram juntar as forças para encontrar o precioso líquido. Mas, como? Concluíram que o jeito seria bater o leite até se transformar em creme... Para isso (como naqueles tempos antigos não existia a batedeira elétrica nem o liquidificador), teriam de agitar o leite manualmente. Como batedor, eles escolheram o monte Mandara, que se erguia, pontudo, no mar de leite; a serpente gigante Vasuki se ofereceu como corda para ajudar a movimentar o batedor; e Kurma, a tartaruga, postou-se sobre o oceano como um apoio para que todos pudessem girar o batedor.

Os devas e os asuras puseram-se a puxar a corda para agitar o oceano; aos poucos, o leite foi coagulando... Mas quase deu tudo errado quando o veneno de Vasuki começou a vazar! Para evitar que todos os seres no mar de leite fossem envenenados, o deus Shiva, que era muito poderoso, foi até lá e bebeu o veneno. Nada lhe aconteceu. Porém, ele ficou para sempre com o pescoço azul.

Aos poucos, com a agitação do oceano, aquilo que fora perdido começou a aparecer: eram muitas coisas, entre elas a Lua, o elefante Airávata e a deusa Lakshimi, que trouxe de volta ao mundo a prosperidade... Então, quando Dhanvantari, deus da saúde, surgiu, ele mesmo recolheu em uma vasilha o creme de leite que boiava.

Amrita, o elixir da vida, retornara para os devas, que puderam bebê-lo para serem imortais.

Vishnu teria ainda outros avatares depois desse — inclusive como Rama, o príncipe que foi grande amigo do deus-macaco Hanuman. Mas, como Kurma, a tartaruga, ele sempre será honrado por ter salvado todas as coisas perdidas no oceano de leite.

U
DE URSO

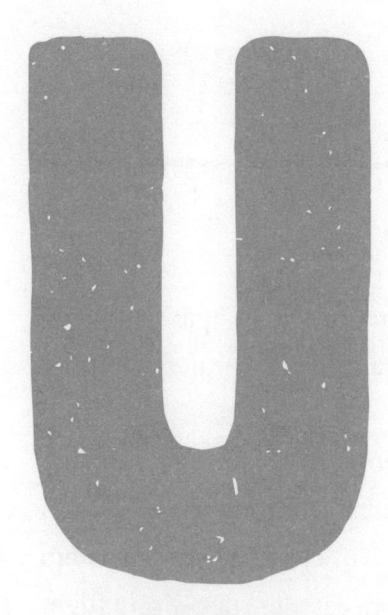

Os ursos são grandes animais que vivem em climas frios. Eles existem em quase todos os continentes, parece que apenas na África e na Antártida ainda não encontraram seus parentes. Eles são onívoros (comem de tudo), mas gostam mesmo é de carne; são peludos, têm um olfato muito bom e são assustadores quando nos aparecem!

Muitos mitos e contos folclóricos trazem ursos como personagens. Uma constelação importante para os seres humanos até recebeu o nome de Ursa Maior.

O mito que escolhemos para a letra U é bem curioso. Narrado pelos povos indígenas haida, que vivem no extremo oeste do Canadá, fala sobre um urso que se casou com uma moça... Os anciãos dos haida contavam que os ursos viviam perto deles, que andavam como gente e usavam as patas como se fossem mãos. Diziam até que, de tempos em tempos, eles buscavam esposas entre os humanos. Será verdade?

Este animal tão querido pelas crianças (desde que inventaram os ursinhos de pelúcia) faz parte do filo Chordata (Cordados), da classe dos Mamíferos e da ordem dos Carnívoros. Sua família é a Ursidae (Ursídeos).

A CANÇÃO DOS URSOS

📍 Canadá (América do Norte)

Havia entre os haida uma moça chamada Kind-a, que se apaixonou por um rapaz de nome Kiss-an. Os dois se conheciam desde pequenos e queriam ficar juntos, mas isso não seria permitido.

Kind-a e Kiss-an pertenciam ao clã do Corvo, e uma lei do povo haida não permitia o casamento entre membros do mesmo clã. Quando atingiram a idade de se casar, seus pais disseram que deviam escolher parceiros em outros clãs. Os dois, que não se conformavam com essa lei, decidiram fugir.

Deixaram as terras dos haida e foram para a floresta que havia perto da montanha. Lá, fizeram uma cabana ao lado da nascente de um riacho. Viviam bem da caça e da pesca, decididos a não voltar para casa. Mas, quando o inverno se aproximou, eles não sabiam se sobreviveriam ao frio. Kiss-an decidiu ir até a casa de sua família e descobrir se poderiam retornar. Disse a Kind-a:

— Espere por mim. Volto para cá antes do anoitecer do quarto dia.

Chegando às terras dos haida, ele foi bem recebido. Mesmo assim, seus pais não o deixaram voltar à floresta e o prenderam numa cabana! Kiss-an ficou desesperado pensando em Kind-a, sozinha na floresta.

Os quatro dias se passaram e a moça se preocupava mais e mais, pois o inverno estava chegando e fazia muito frio. Decidiu procurar por Kiss-an. Andou e andou até que, já sem esperanças, parou para descansar num abrigo seco. E ali adormeceu...

Ela teria morrido de frio se um urso não a encontrasse. O animal a levou para sua toca, oculta atrás de um grande cedro junto a uma lagoa. Preparou-lhe uma cama de musgo macio e cantou para ela. Trouxe-lhe frutos da colina e raízes da terra para comer. Protegida pelo urso, ela se acostumou a viver lá. Sentia tristeza, porque nem Kiss-an nem outro dos haida a procurou. O tempo passou, e ela aceitou se casar com o urso.

Kiss-an, contudo, não havia desistido; demorou bastante, mas finalmente conseguiu fugir de sua família e saiu à procura de Kind-a. Como não encontrou nenhuma pista dela, consultou um xamã.

— Vejo uma jovem adormecida — disse o homem. — Ela é casada com um urso e eles têm dois filhos. Moram junto ao lago, onde há um grande cedro. Procure o lago e a árvore, ela estará lá.

Kiss-an convenceu a família de Kind-a a ir com ele à floresta, em busca do grande cedro. E, por fim, a encontraram! Quando ele a chamou pelo nome, a moça quase não se lembrava mais dele.

Ela acabou retornando à terra dos haida, afinal, e pediu que eles fossem buscar seus filhos.

— Procurem meu marido, o urso. Cantem a canção que ele fez para mim e não serão feridos.

Assim foi feito. Kiss-an voltou à toca e cantou a Canção dos Ursos, que ela lhe ensinou, e foi bem recebido. O urso não queria se separar dos filhos, mas acabou atendendo ao pedido de Kind-a. Assim, ela pôde cuidar de seus dois meninos. Dizem que um deles, quando cresceu, quis voltar e viver com o povo de seu pai. O outro continuou com os haida e ensinou a todos os seus descendentes a Canção dos Ursos. Até hoje, quem souber cantá-la será considerado um amigo dos ursos.

V DE VACA

A vaca é a fêmea do gado bovino doméstico. Ela e o boi são descendentes dos antigos auroques e bisões, os bois selvagens que viviam na Ásia e na Europa em tempos antigos. Existem dezenas de raças de gado entre os homens, criados nas fazendas para servir de alimento; apesar disso, há sociedades em que o consumo de sua carne é proibido. A presença de vacas e bois junto aos seres humanos é muito antiga — tanto que vamos encontrar histórias sobre eles nas mitologias de dezenas de séculos atrás.

A tradição da Índia reverencia as vacas; um de seus mitos conta sobre o touro Nandi, que era a montaria do deus Shiva. Na Grécia, o assustador Minotauro tinha corpo de gente e cabeça bovina. Mas talvez em nenhum lugar a vaca tenha um papel tão importante quanto na mitologia nórdica: ela participa do mito da criação do mundo. Nomeamos nórdicos os povos islandeses, escandinavos e finlandeses, que viviam nas terras bem ao norte da Europa; suas crenças deram origem a uma mitologia rica em histórias curiosas, como a desta vaca, que seria a tataravó de todas as outras!

A vaca é um mamífero e é também um ruminante (animal que tem quatro compartimentos gástricos). Pertence à família Bovidae, (Bovídeos), que possui muitos gêneros. A vaca doméstica faz parte da espécie *Bos taurus*.

A PRIMEIRA VACA

Islândia, Dinamarca, Noruega, Suécia e Finlândia (Europa)

No começo de tudo, nada existia a não ser o fogo e o gelo.

No alto, além do norte, o mundo era escuro, frio, gelado. No sul, ardiam os fogos: chamas, rochas derretidas, um calor mortal. Geleiras imensas cobriam a terra e, no ponto em que o frio e o calor se encontravam, o gelo derretia e a água formava um vapor espesso que cobria todas as coisas.

Foi aí, nessa terra do meio do mundo e coberta de névoa, que ela surgiu: Audumla.

Ela era uma vaca, a primeira que existiu. Não tinha chifres e era imensa, maior que tudo. Audumla gostava de sal e, para alimentar-se, lambia os enormes blocos de gelo, que derretiam e lhe davam sal e água. De suas quatro tetas escorria tanto leite que o líquido branco formou quatro rios que correram pela terra gelada.

Audumla sabia que lá, sob o gelo, havia ainda outra criatura: um gigante que dormia. Seu nome era Ymir. Um dia, ele acordou e sentiu o gosto do leite da imensa vaca, e dele se alimentou. Com tanto leite, Ymir ficou mais forte e pediu que Audumla o ajudasse a criar outros seres, tirando-os da superfície gelada. Depois disso, voltando ao gelo, ele novamente adormeceu.

Do suor de Ymir adormecido nasceram duas criaturas, que formaram uma família: foram o pai e a mãe dos gigantes que logo viriam a nascer. Além disso, quando Audumla atendeu ao pedido de Ymir e continuou a lamber os blocos de gelo, revelou ali também outra criatura congelada.

No primeiro dia, ela descobriu os cabelos do ser. No segundo, achou a sua cabeça.

No terceiro, com o derretimento do gelo pela ação da enorme vaca, finalmente libertou o corpo de um homem, que recebeu o nome de Buri.

Buri tomou por esposa uma das filhas dos gigantes, e de seus filhos descenderam os primeiros deuses: eles se chamaram Odin, Vili e Ve.

Foram esses três poderosos deuses que resolveram criar um mundo onde houvesse vida, que não fosse apenas feito de gelo ou de fogo. No entanto, para construir algo, eles precisavam de material, e o único que havia era o imenso corpo adormecido do gigante Ymir.

Assim, dos ossos de Ymir eles fizeram as montanhas; de sua carne, fizeram a terra firme; os seus dentes se tornaram as pedras e rochas espalhadas pelo mundo. Seus cabelos se enraizaram na terra, dando origem às plantas e árvores. Aconteceu ainda que, quando o sangue do gigante escorreu, ele se transformou nas águas salgadas que se espalharam e criaram os oceanos. Dizem até que o céu repleto de estrelas que vemos lá no alto é o crânio de Ymir.

Quanto a Audumla, ninguém sabe o que foi feito dela depois disso. Mesmo assim, continuou a ser reverenciada como a criadora ancestral dos primeiros seres e a mais nobre de todas as vacas.

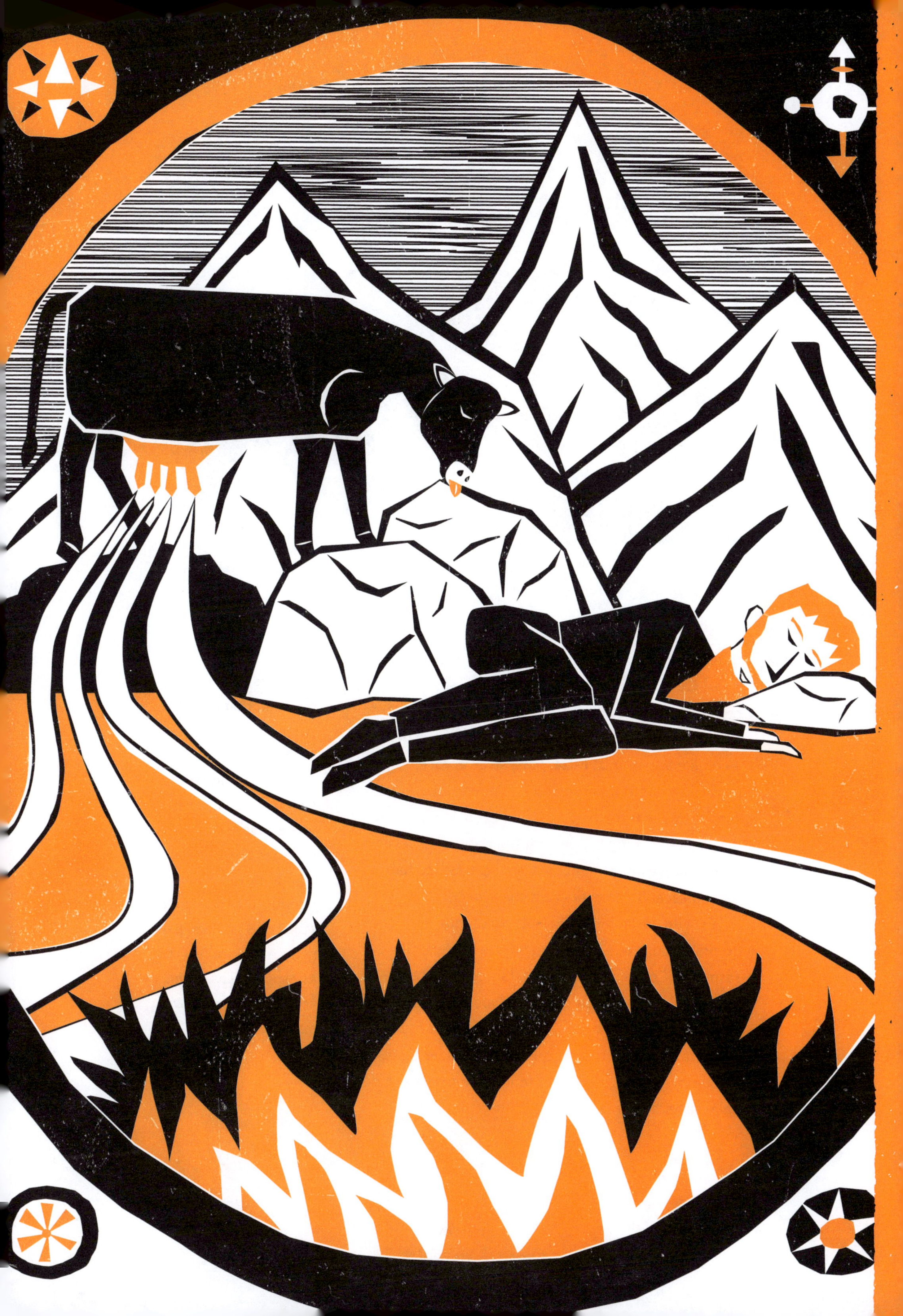

W
DE WOMBAT

O wombat é um marsupial que só existe na Austrália. Os marsupiais são animais mamíferos que carregam os filhotes numa bolsa em seus corpos (como o canguru e o gambá). O wombat é pequeno e peludo e come ervas, grama, raízes, cascas de árvore. Parece incrível, mas é o único bicho do mundo que elimina suas fezes... em forma de cubo! Isso mesmo, o cocô dele sai em cubinhos. Vive em florestas, charnecas e montanhas, e infelizmente a destruição de seu hábitat está ameaçando de extinção a sua espécie.

Esta história mitológica é parte das tradições do povo koori, que habita o sudeste da Austrália e a Tasmânia. Como tantas outras, também pertence ao Sonhar — a era mágica que os povos daquela região chamaram de Tempo do Sonho, quando os espíritos ancestrais criaram tudo o que existe. Foi nesse tempo que nosso amigo wombat mudou de forma — e de uma maneira bem curiosa!

Embora pertença à classe dos Mamíferos, o wombat também faz parte da subclasse que é chamada Marsupialia. Da família Vombatidae (Vombatídeos), existem dois gêneros e três espécies diferentes de wombats. O gênero *Vombatus* tem a espécie *Vombatus ursinus*. E o gênero *Lasiorhinus* tem as espécies *Lasiorhinus krefftii* e *Lasiorhinus latifrons*.

O WOMBAT E O LAGARTO

📍 Austrália (Oceania)

Antigamente, o wombat tinha uma cauda bem comprida e a usava para subir em árvores. Sentia muito orgulho dela. Mas o pobre animal tinha um problema: vivia com coceira e às vezes até se feria de tanto se coçar. Sua sogra lhe disse para entrar no rio e deixar a água correr por seu pelo, para aquela coceira passar. Não funcionou: ele ficou todo enrugado. Uma tia o ensinou a passar óleo de peixe no corpo, e isso também não deu certo: o fedor atraiu moscas, e ele teve mais coceira ainda.

Desesperado, resolveu procurar a mulher Yuri, uma sábia que vivia no Vale da Água Doce. Despediu-se da esposa e partiu. No caminho, que demorou vários dias, ia se coçando sem parar.

Chegando lá, esperou que a mulher Yuri o atendesse e explicou seu problema.

— O que você trouxe para mim? — perguntou a mulher.

Porém, o wombat tinha saído com pressa e nem se lembrara de levar algum pagamento.

— Gosto de sua cauda. Se a der como pagamento, eu o curo da coceira — ela pediu, então.

Ah, ele não queria ficar sem sua bela cauda! Tentou negociar, mas ela só desejava aquela cauda.

— Para que a coceira passe, esfregue estas folhas no pelo, mas apenas uma vez por dia! — e ela mostrou uma planta que nascia ali perto. — Quando melhorar, volte e me entregue sua cauda.

O wombat esfregou-se com as folhas da planta e ficou feliz: a coceira passou na mesma hora! Porém, como ela crescia em vários lugares em seu caminho de volta, ele imaginou que era só colher as folhas, não precisaria pagar nada para a mulher Yuri. Os dias se passaram e ele não voltou lá. Deitava-se sobre os arbustos da planta sempre que podia. Colheu as folhas, levou-as para sua toca e passou a dormir sobre elas, esquecido de que deveria usá-las só uma vez por dia.

O problema foi que logo ele acabou com aquela planta perto de sua toca e teve de ir procurar mais longe. Quando não a encontrava, ficava agoniado, irritado: tornava a ter coceira e sacudia sua cauda para todos os lados, batendo nos outros animais e até na família. Todos passaram a reclamar do comportamento do wombat. O que ninguém sabia é que aquela coceira era causada por um pó que o lagarto jogava nele sempre que se viam, pois tinha inveja daquela bela cauda e a queria para si.

Então, como todos os animais estavam contra o wombat, o lagarto convocou uma reunião. Esperou que reclamassem do wombat e propôs que cortassem fora a cauda dele... Foi o que eles fizeram: saíram em grupo e o encontraram dormindo sobre um arbusto daquela planta. Sem perder tempo, ZÁS!, cortaram-lhe a cauda. O pobre acordou assustado e sua cauda saiu se debatendo para todo lado! O lagarto não perdeu tempo e a pegou. Desde então, ele tem uma cauda longa.

A mulher Yuri, que tinha visto tudo aquilo acontecer, usou sua magia para acertar as coisas. É por isso que, desde então, os wombats têm a cauda curtinha e ainda se esfregam nas folhas daquela planta. Quanto aos descendentes do lagarto, às vezes suas caudas caem — e eles têm de esperar que cresça uma nova...

X
DE XEXÉU

O xexéu é um passarinho que costuma imitar o canto de outros pássaros, além de vários sons. É uma ave comum nas regiões Norte, Nordeste e até mesmo Centro-Oeste do Brasil. Tem outros nomes: japim, japiim, japuíra, joão-conguinho, xexéu-de-bananeira. Tem penas negras misturadas às amarelas, estas nas costas e na base das asas. Dizem que faz ninho em árvores onde há marimbondos ou vespas, para que ninguém mexa neles. E que, apesar de simpático, tem um cheirinho bem ruim.

Nos contos folclóricos, ele é um pássaro esperto, que engana até as raposas. Mas, neste que escolhemos e que faz parte da mitologia dos povos tupi, o xexéu se deu mal... Nomeamos tupi os vários povos nativos que, na época da chegada dos portugueses, habitavam grande parte do litoral brasileiro e falavam a língua tupi antiga. Eis aqui, então, uma das muitas histórias sobre esse pássaro curioso.

Esta ave, o xexéu, faz parte da ordem dos Passeriformes. Sua família se chama Icteridae (Icterídeos) e sua espécie tem o nome de *Cassicus cela*.

O CANTO DO XEXÉU

📍 Brasil (América do Sul)

Tupã, o senhor do trovão e mensageiro do grande deus Nhanderuvuçu, às vezes ficava triste e não conseguia dormir. Nesses momentos, ele chamava o xexéu, o pássaro de canto mais mavioso que havia nos céus. Ouvindo aquele belo canto, Tupã adormecia.

Um dia, o senhor do trovão ouviu o lamento dos povos que viviam na Terra. Havia muitas doenças atacando os seres humanos, que se lamentavam e não tinham mais ânimo para viver, pois muitos de seus familiares estavam morrendo. Com pena deles, Tupã enviou o xexéu para a terra.

Ao chegar aqui embaixo, ele cantava tão divinamente que todos que o ouviam paravam o que estivessem fazendo e até esqueciam os seus problemas.

As pessoas se reanimaram, as doenças cessaram e a alegria retornou a todas as aldeias. Tanto que as pessoas pediram a Tupã que deixasse aquela avezinha continuar vivendo por aqui.

O senhor do trovão concordou. E o xexéu, que tinha o canto muito mais belo que todos os outros pássaros, começou a ficar orgulhoso demais. Achava-se melhor que qualquer uma das aves canoras e vivia cheio de importância por ser protegido de Tupã.

Como pensava em si mesmo como o rei dos pássaros, ele até parou de cantar para as pessoas e começou a imitar o canto dos outros pássaros, só para zombar deles. Ora, aquela passarada toda não ficou nada feliz com isso. Começaram a queixar-se e a piar reclamações por toda parte, indignados com aquele xexéu metido.

Tanto fuxicaram que suas queixas chegaram aos céus e o próprio Tupã resolveu dar um jeito naquilo. Para começar, deixou de proteger o passarinho cantor. Depois, vendo que ele continuava a se achar melhor que todos os outros, retirou seu canto.

E o xexéu não conseguia mais cantar por si mesmo. A única coisa que podia fazer era continuar a imitar o canto das outras aves. Ele se tornou uma espécie de eco da floresta...

Vendo que ele não era mais protegido por Tupã, a passarada da floresta começou a perseguir o pobre. Voavam sobre ele e o atacavam a bicadas, destruíam seus ninhos e quebravam seus ovos.

Desesperado, o xexéu procurou um lugar mais seguro para construir o ninho e não ter os ovinhos quebrados. Foi então que ele conheceu as vespas. De alguma forma, fez amizade com elas.

Por isso, desde aquele tempo, os ninhos dos descendentes do xexéu sempre ficam perto de árvores ou locais onde há ninhos de vespas — nenhum bicho nem qualquer pessoa quer chegar perto deles, e assim as fêmeas desses pássaros podem botar seus ovinhos em paz.

Mas o canto mavioso do xexéu, ah, esse nunca mais voltou. Até o final dos tempos, ele continuará a imitar os cantares das outras aves...

Y de YACI-YATERÊ

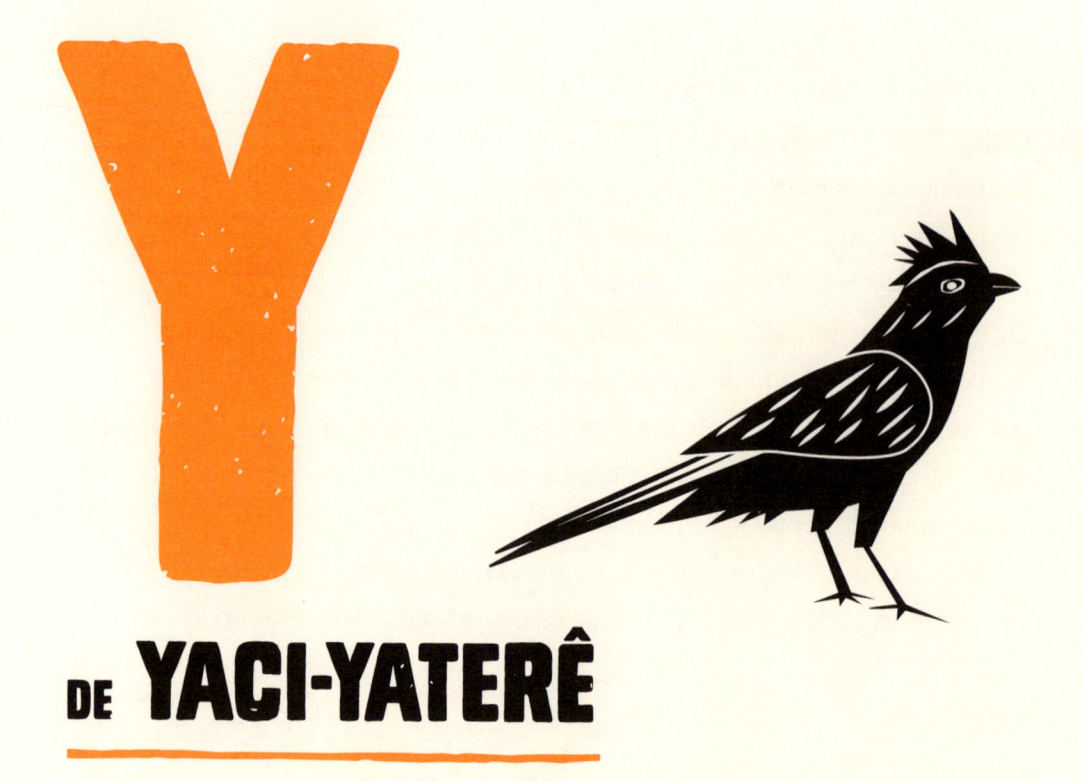

O yaci-yaterê é um pássaro que vive na América do Sul. No Brasil, ele tem vários nomes: jaci-jaterê, matintaperê, saci, peixe-frito, pitica, sem-fim. Tem um canto feito um assobio, que parece o som do nome que lhe deram. É bem difícil ser visto pelas pessoas, gosta de viver em campos cheios de árvores, em locais próximos às margens dos rios. É um espertinho, porque põe seus ovos nos ninhos de outros pássaros para que os choquem para ele! Suas penas são de cor marrom-amarelada e tem o topete em tons de vermelho-escuro; já seu peito é branco.

Há muitas histórias sobre o yaci-yaterê. No Nordeste brasileiro, há quem diga que ele se transforma no saci; já nas terras de indígenas guarani, acredita-se que ele é um sujeitinho pequeno de cabelos vermelhos que gosta de brincar e rapta os bebês das mães distraídas para serem seus companheiros de brincadeiras; ao ouvir seu assobio, as mães se trancam em casa com os filhos! Na região Norte do Brasil, no mito-lenda ligado aos povos tupi que contamos a seguir, ele pode se transformar numa das mais temidas feiticeiras que assolam as matas.

> Essa ave de muitos nomes pertence à ordem dos Cuculiformes. Sua família se chama Cuculidae (Cuculídeos) e o nome científico de sua espécie é *Tapera naevia*.

QUEM QUER?

📍 Brasil, Bolívia e Argentina (América do Sul)

Na mata escura, os sons de sempre esquentam a noite fria. Cri-cris de grilo, rajadas de vento, sacudir de folhas das árvores, um ou outro pio de ave. De repente, soa um som agudo e sibilante:

— Ya-cí!

É mau agouro, quem ouve sabe. Aquele assobio anuncia o yaci-yaterê.

E todos correm para casa, fecham as janelas, trancam as portas. Porque o pássaro voa por perto e pode descer bem à sua frente, no seu terreiro, na sua plantação. Se o som não voltar, a gente pode respirar em paz. Mas se ele piar no telhado ou no muro, não vai parar, não.

— Ya-cí? Ya-cí? Ya-cí? Ya-cí?...

O jeito é responder, para a ave agourenta parar de cantar.

— Yací, amanhã podes vir buscar tabaco!

Bater de asas. O yaci-yaterê ouve e vai embora... Mas, no outro dia, vai voltar, transformado em uma pessoa que anda coberta com um manto negro. E é bom a gente deixar de jeito o que prometeu, pronto para entregar; porque, se não se cumprir a promessa, é desgraça na certa.

De onde veio a maldição, ninguém sabe.

Tem quem diz que a criatura perde as asas e se transforma no saci, solto no mundo para perturbar a vida das pessoas. Outros dizem que ela se transforma num velhinho de uma perna só, que pode planar acima das casas e que gosta muito de café, além de pedir tabaco.

É possível prender o yaci-yaterê e evitar que venha nos perturbar. Dizem que se deve enterrar uma chave na terra e fincar uma tesoura em cima do lugar. Pendurada na tesoura, tem de colocar um rosário. Se o pássaro agourento passar por perto, vai ficar preso pela força do rosário... Quando se liberta a ave, guardando o rosário, ela voa para longe e não volta mais — desde que a pessoa que fez a simpatia pegue uma vassoura nova, que nunca foi usada, para varrer aquela terra.

Na maioria das vezes que aparece para a gente, o yaci-yaterê é uma velha mulher, uma bruxa de olhos brilhantes e capa negra. Sua sina é antiga: herdou-a da mãe, que a herdou da avó, e esta da bisavó, e assim por diante. A maldição da família só termina se a última a receber a sina não tiver uma filha mulher. Quando ela está para morrer, esconde-se na mata e solta a pergunta:

— Quem quer? Quem quer?

Se alguma moça passar por ali, ouvir essa pergunta e responder "Eu quero!", estará perdida, pois a sina do yaci-yaterê vai passar para ela, e aí ela e suas descendentes é que terão de percorrer as noites voando, transformadas em pássaros, soltando seu pio triste e agourando a vida dos outros.

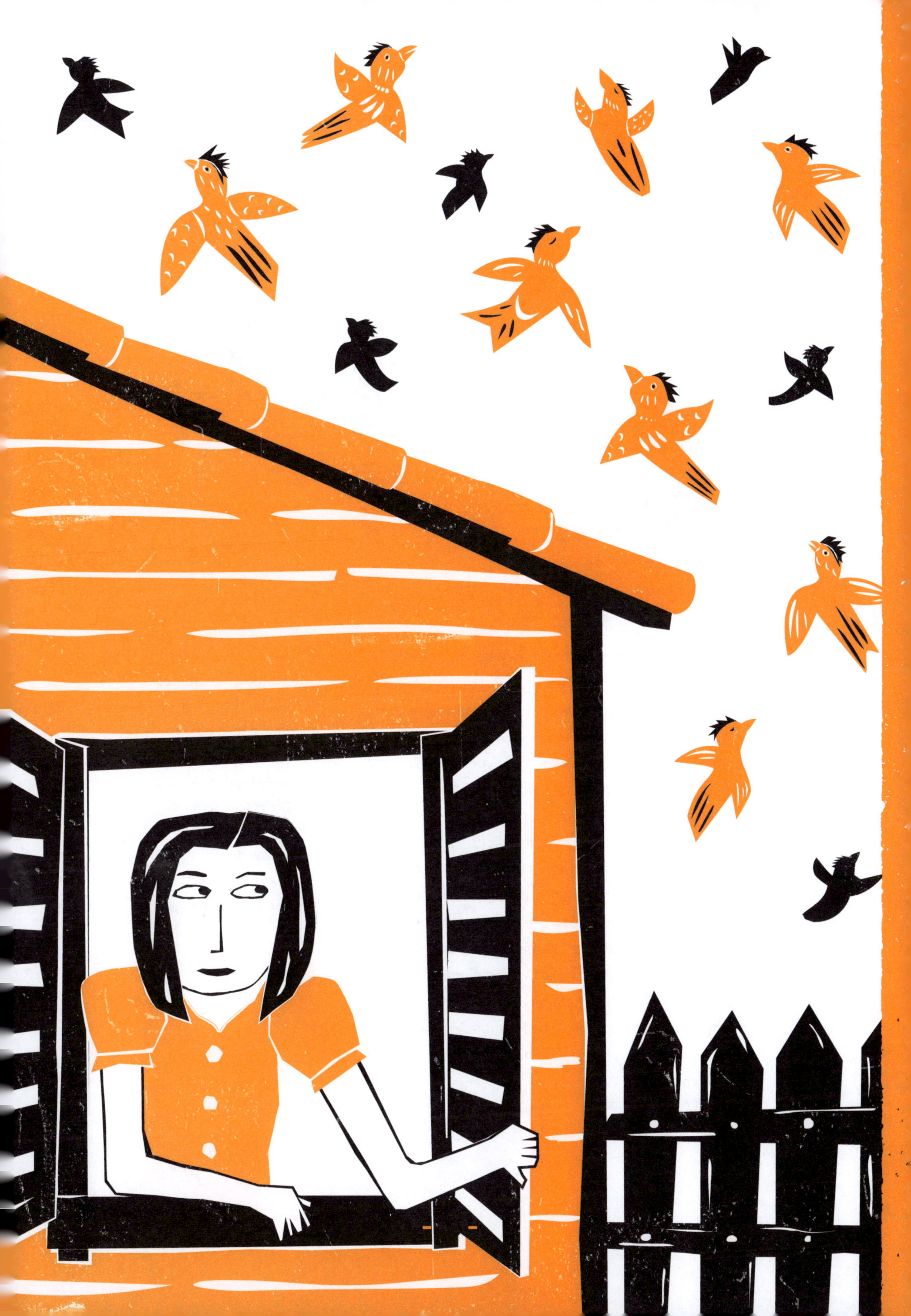

Z DE ZEBRA

As zebras fazem parte da família dos cavalos e são famosas por terem, no pelo, listras negras dispostas sobre o corpo branco. São animais nativos da África, costumam viver nas savanas do centro e do sul desse continente. Existem três espécies de zebras africanas. São muito velozes, pois precisam fugir dos predadores, e também são capazes de se defender dos animais perseguidores com coices bem fortes.

O mito que vem a seguir pertence às tradições dos khoisan, coissã ou khoe-sān. É um povo de caçadores-coletores formado por dois grupos, o dos khoi e o dos san. Costumavam ser chamados de bosquímanos, ou *bushmen* (homens da mata), tradicionais habitantes do grande deserto Kalahari. Vivem em várias regiões do sudoeste da África, na Namíbia, em Botsuana e em Angola. Possuem muitas histórias sobre animais em sua mitologia.

A zebra é um mamífero e pertence à ordem dos Perissodáctilos. Sua família é a mesma dos cavalos e jumentos, a Equidae (Equídeos). Seu gênero é *Equus* e existem três espécies diferentes de zebras, *Equus zebra*, *Equus grevyi* e *Equus quagga*.

O TRASEIRO DO BABUÍNO E AS LISTRAS DA ZEBRA

📍 Namíbia, Botsuana e Angola (África)

Quando havia seca na mata, todos os seres buscavam água para não morrer. Em uma dessas épocas de falta de água, um babuíno descobriu um poço bem cheio. Ele não se contentou em beber e matar a sua sede: começou a achar que o poço era só dele.

— Sou o Senhor das Águas! — ele avisou para todos ouvirem. — Só eu posso beber aqui. — E não deixava nenhum animal chegar perto da água fresca.

Uma noite, porém, uma zebra toda branca estava buscando água com seu filhote e se aproximou do poço. Ah, quando percebeu que a zebrinha e a mãe estavam matando a sede, o babuíno ficou furioso.

— Vão embora! — gritou ele. — Este poço é meu, eu sou o Senhor das Águas!

Somente então elas o viram, sentado ali perto, junto às pedras que cercavam o poço; ao lado havia uma fogueira que ele fizera para se esquentar.

— As águas vêm do céu e da terra, pertencem a todo mundo — a zebra respondeu. — A seca está matando os animais de sede e só existe um poço nestas terras.

— Não interessa, o poço é só meu! — berrou o babuíno.

Como a zebra nem ligou para ele e continuou bebendo, ele saltou para junto dela e a desafiou:

— Se quer o direito de beber aqui, terá de lutar comigo!

A gritaria era tanta que já estava aparecendo tudo que é bicho para ver do que se tratava.

— Que seja — disse a zebra.

E tratou de se defender do babuíno, que a atacou com braços e pernas. Foi uma luta demorada! Ele atacava de um lado, ela escoiceava do outro. Todos os animais ficaram ao redor dos dois assistindo à luta, imaginando no que aquilo ia dar.

A zebra acabou vencendo. Deu um coice tão grande que o pobre primata foi jogado longe e caiu sentado em cima das pedras! Livres do babuíno arrogante, todos os animais puderam beber a água do poço e sobreviver à seca.

Com a queda nas pedras, o babuíno saiu de lá com o traseiro todo vermelho, e é por isso que, até hoje, todos eles têm o bumbum avermelhado e ficam escondidos no meio das rochas. Sempre que alguém aparece, a primeira coisa que fazem é mostrar o traseiro vermelho.

Quanto à zebra, com o forte coice que deu, caiu para trás em cima da fogueira. Não se machucou muito, porém seu pelo branco se chamuscou e ficou cheio de listras queimadas. Foi assim que as zebras passaram a ser listradas.

REFERÊNCIAS

BULFINCH, Thomas. *Mitologia geral, a idade da fábula*. Tradução de Raul L. R. Moreira. Belo Horizonte: Itatiaia, 1962.

CASCUDO, Câmara. *Dicionário do folclore brasileiro*. Belo Horizonte: Itatiaia, 1984.

CLARK, Ella; EDMONDS, Margo. *Voices of the winds*: native American legends. Edison: Castle Books, 2003.

CÔRTES, Flávia; RIOS, Rosana. *Terra de mistérios*: o Antigo Egito e os domínios de Ísis, Senhora da Magia. São Paulo: Pólen, 2019.

DONATO, Hernâni. *Dicionário de mitologia asteca/tupi/africana*. São Paulo: Cultrix, 1973.

ERDOES, Richard; ORTIZ, Alfonso. *American indian myths and legends*. New York: Pantheon Books, 1984.

GAIMAN, Neil. *Mitologia nórdica*. Tradução de Edmundo Barreiros. Rio de Janeiro: Intrínseca, 2017.

HAMILTON, Judy. *Scottish myths and legends*. New Lanark: Lomond, 2005.

IHERING, Rodolpho von. *Dicionário dos animais do Brasil*. São Paulo: Tipografia Brasil, Rothschild Loureiro & Cia. Ltda., 1940.

IONS, Veronica. *Biblioteca dos grandes mitos e lendas universais*: Índia. Tradução de Fernanda M. T. da Silva. Lisboa: Verbo, 1987.

JARVIE, Gordon. *Scottish folk and fairy tales*. London: Penguin, 1997.

LEECHMAN, Douglas. *Native tribes of Canada*. Toronto: W. J. Gage, 1957.

LIMA, Luiz Octavio; MÜLLER, Cristina; RABINOVICI, Moisés (org.). *O Xingu dos Villas-Bôas*. São Paulo: Agência Estado, 2022.

LOPES, Reinaldo José. *Mitologia nórdica*. São Paulo: Abril, 2017.

MONTALVO, César Toro. *Mitos y leyendas del Peru*: sierra, costa, selva. Lima: Fondo Editorial Cultura Peruana, 2016.

OSBORNE, Harold. *Biblioteca dos grandes mitos e lendas universais*: América do Sul. Tradução de Maria Teresa Carrola. Lisboa: Verbo, 1987.

PARRINDER, Geoffrey. *Biblioteca dos grandes mitos e lendas universais*: África. Tradução de Raul de S. Machado. Lisboa: Verbo, 1987.

PHILLIP, Neil. *O livro ilustrado dos mitos*. Tradução de Felipe J. Lindoso. São Paulo: Marco Zero, 1996.

QUINTINO, Claudio Crow. *O livro da mitologia celta*. São Paulo: Hi-Brasil, 2002.

RAGACHE, Claude-Catherine. *A criação do mundo*: mitos e lendas. Tradução de Ana Maria Machado. São Paulo: Ática, 1992.

RIOS, Rosana. *América mítica*: histórias fantásticas de povos nativos e pré-colombianos. Porto Alegre: BesouroBox, 2013.

_____. *Heróis e suas jornadas*. São Paulo: Melhoramentos, 2016.

_____. *Mitologia grega*: histórias terríveis. Porto Alegre: Artes & Ofícios, 2012.

_____. *Volta ao mundo em 80 mitos*. Porto Alegre: Artes & Ofícios, 2010.

SHORTLAND, Edward. *Maori religion and mythology*. London: Longmans Green & Co., 1882.

SILVA, Aberto da Costa e (org.). *Lendas do índio brasileiro*. Rio de Janeiro: Ediouro, 1985.

SILVA, Walde-Mar de Andrade e. *Lendas e mitos dos índios brasileiros*. São Paulo: FTD, 1998.

SPALDING, Tassilo Orpheu. *Dicionário de mitologia egípcia, sumeriana, babilônica*. São Paulo: Cultrix, 1973.

_____. *Dicionário de mitologia japonesa, chinesa*. São Paulo: Cultrix, 1973.

TELLO, Nerio. *Antes de America*: leyendas de los pueblos originarios. Buenos Aires: Continente, 2008.

VILLAS BÔAS, Claudio; VILLAS BÔAS, Orlando. *Índios do Xingu*. São Paulo: Gráficos Brunner, 1973.

_____. *Xingu*: os índios, seus mitos. São Paulo: Edibolso, 1970.

ZIMMER, Heinrich. *Mitos e símbolos na arte e civilização da Índia*. São Paulo: Palas Athena, 1989.

Sites

http://www.jangadabrasil.com.br/revista/abril111/es1110415.asp
https://fantasia.fandom.com/pt/wiki/Matinta-pereira
https://japingkaaboriginalart.com/aboriginal-dreamtime-stories/
https://www.tekura.school.nz/assets/te-kura-resources/literacy/ENW314B--how-the-kiwi-lost-its-wings.pdf
https://www.gutenberg.org/files/42084/42084-h/42084-h.htm
https://www.cs.williams.edu/~lindsey/myths/myths_14.html

ROSANA RIOS escreve há mais de 35 anos e ultrapassou 180 obras publicadas. É apaixonada por livros, dragões e chocolate. Iniciou a carreira em 1986, como roteirista na TV Cultura de São Paulo, e recebeu vários prêmios literários: o selo Altamente Recomendável da FNLIJ, o Prêmio Biblioteca Nacional de Literatura Infantil e mais o Prêmio Jabuti, além de outras premiações. Desde o começo de sua carreira com obras para crianças e adolescentes, pesquisa mitologias diversas, contos populares e lendas. Neste livro reuniu três coisas que adora: bichos, mitos e curiosidades!

ANDREA EBERT nasceu em São Paulo e se tornou ilustradora e artista visual em Natal, onde viveu durante quinze anos. Em 2002 ilustrou o primeiro livro, que também era sobre mitos. Desde então, a ilustração foi seu ganha-pão. Ilustrar animais e literatura de cordel com a linguagem da xilogravura sempre foi sua paixão.

Seu desafio neste livro foi usar somente duas cores e contar histórias de diversas partes do mundo. Durante o processo de criação das ilustrações ela pôde refletir sobre como construímos narrativas para nos colocarmos neste mundo e como no passado os bichos eram mais importantes para a humanidade.